내 인생의
드리블

내 인생의
드리블

구사노 다키 지음 | 김정화 옮김
처음 펴낸날 | 2012년 6월 1일
5쇄 찍은날 | 2014년 2월 14일
5쇄 펴낸날 | 2014년 2월 21일
펴낸이 | 정세민
펴낸곳 | ㈜크레용하우스
출판등록 | 제5-80호
주소 | 서울 광진구 천호대로 709-9
전화 | (02)3436-1711
팩스 | (02)3436-1410
홈페이지 | www.crayonhouse.co.kr
이메일 | crayon@crayonhouse.co.kr

RELEASE
by Taki Kusano

ISBN 978-89-5547-283-7 43830

내 인생의
드리블

구사노 다키 지음
김정화 옮김

크레용하우스

"고토 아키라, 성적표 가져와 봐."

볼이 미어지도록 참치 주먹밥을 먹고 있는 아키라에게 시모기타자와에 사는 큰아버지가 다가왔다. 큰아버지는 완전히 취해서 혀가 꼬인 상태였다. 만날 때마다 배는 점점 나오고 머리칼은 성성해졌다.

큰아버지는 애처럼 엉금엉금 기어 아키라 옆에 오더니 아이들이 '주세요' 하는 모양으로 두 손을 내밀었다. 안경 속흐리멍덩해진 두 눈동자를 끔뻑거리면서.

아키라는 준비해 온 1학기 성적표를 가방에서 꺼냈다.

"어디, 어디 보자."

큰아버지가 히쭉히쭉 웃으면서 성적표를 훑었다. 노안 탓인지 성적표를 눈에서 멀찌감치 떼어 놓고 보았다.

"으음."

모여 있던 친척들이 모두 큰아버지를 주목했다.

"이 정도면 합격이야."

휴, 아키라는 안도의 숨을 내쉬었다. 5단 평가로 분류한 아키라의 성적표에는 '5'와 '4'만 있었다. 특히 주요 과목은 모두 5점이었다. 숫자가 클수록 좋은 점수였다.

"근데 가정 과목의 '4'가 좀 께름칙해. 외과 의사는 손재주가 좋아야 하는데 말이야."

큰아버지는 그렇게 말하면서 성적표를 돌려주고는 머리를 쓰다듬어 줄 요량으로 아키라의 정수리를 비비적거렸다. 여자들에게도 부러움을 사는 아키라의 찰랑거리는 머리칼이 헝클어졌다.

"그건 당신이 참견할 일이 아니잖수."

큰어머니가 일어나 큰아버지 옆으로 다가오더니 큰아버지의 팔을 잡았다.

"아키라, 미안하다."

큰어머니는 큰아버지를 원래 있던 자리로 끌어당겨 앉혔다. 그러고는 "이제 됐으니까 당신은 잠이나 좀 자 두시구려."라며 누우라고 어깨를 밀었다. 큰아버지는 큰어머니 말대로 순순히 눕더니 금세 잠이 들어 요란하게 코를 골았다.

친척들은 모두 그런 큰아버지를 보고 어이없어하면서도 키득키득 웃었다. 아키라도 손가락으로 머리를 빗어 정리하면서 다른 친척들처럼 웃었다.

아키라의 친척들이 혼자 사는 할머니 집에 모이는 날은 설날과 7월 22일로 규칙처럼 정해져 있었다. 7월 22일은 아키라 아버지의 기일인 동시에 아키라의 생일이었다.

간단한 제의를 지낸 뒤 바로 그 자리에서 아키라의 생일잔치를 하기 때문에 식사로 초밥과 케이크가 준비됐다.

이제 중학교 2학년이 된 아키라는 친척들과 생일잔치를 하는 것이 특별히 기쁘지 않았지만 올해도 모두가 보는 앞에서 케이크에 꽂힌 15개의 초를 껐다.

생일 케이크와 어울리지 않게 아버지와 할아버지 사진이 놓여 있는 제단에서 향냄새가 피어오르고 있었다.

어김없이 친척들은 생일 선물을 내밀었다. 사촌들 중에서도 가장 어린 아키라는 큰어머니, 큰아버지는 물론 사촌들에게도 선물을 받는다.

"넌 아버지 덕분에 정말 행운인 줄 알아야 돼."

형의 말에 아키라는 "응!" 하고 해맑게 웃으며 고개를 끄덕였다.

"정말 괜찮으니까 생일 선물은 이번까지만 받을게요!"

친척들 사이에서 '겸손한 사람'으로 인정받고 있는 엄마가 송구스러워하며 말했다. 엄마는 흰 블라우스에 무릎길이의 살구색 스커트를 입고, 단정하게 정돈된 긴 머리에, 자연스러운 화장을 하고 있었다. 말투도 옷차림도 집에 있을 때와는 완전히 다른 엄마 옆에서 아키라는 의기양양하게 선물들을 풀어 확인했다. 포장을 열고는 "앗싸!"라든가 "우와, 끝내준다!"라고 감탄사를 내뱉고 선물을 준 사람을 바라보며 웃었다. 모든 선물을 확인하고 나서 아키라는 여느 해와 마찬가지로 기운차게 일어나서 인사를 했다.

"모두 감사합니다. 내년에는 폴로셔츠, 티셔츠, 운동복, 반바지 등을 선물해 주세요. 부탁드립니다!"

보란 듯 깊이 허리 숙여 인사하는 아키라를 보고 모두 웃었다.

그러다 갑자기 주위가 고요해졌다. 이것 또한 늘 있는 일이었다. 다 같이 모일 때면 나름 북적거리는데도 갑자기 이렇게 싸늘하게 조용해지는 순간이 찾아왔다. 멀리서 헬리콥터 소리만 들려왔다.

"아키라, 한 번 보여 주지 그러니!"

그 정적을 깨트리려는 듯 요코하마에 사는 고모가 말했다.

"네, 알았어요."

아키라는 무엇을 보여 달라는 건지 이미 알고 있었다. 이 또한 작년에도 재작년에도 마찬가지였으니까.

아키라는 고모 샌들을 꿰어 신고 마당으로 나갔다. 샌들은 270mm나 되는 아키라의 발에는 턱없이 작아서 간신히 발가락만 구겨 넣고 발꿈치를 든 채로 걸었다. 샌들 뒷굽으로 또각또각 소리를 내며 공이 있는 쪽으로 향했다. 마당에는 아버지가 고등학생일 때 설치했다는 농구 골대가 있었다. 그물이 군데군데 뜯겨져 나가고 낡았지만 슛을 하는 데는 별문제 없었다. 아키라는 골대에서 1미터 정도 떨어진 곳에 자리를 잡았다. 골대 맞은편 쪽에서 강렬한 햇빛이 비치고 있어 몹시 눈부셨지만 아키라는 가볍게 드리블을 하고 망설임 없이 슛을 던졌다. 공이 백보드에 맞고 링 속으로 깨끗하게 빨려 들어갔다.

"우아, 과연 주장이야!"

일제히 크게 박수를 쳤다. 슛을 넣은 아키라는 모두를 향해 손가락으로 브이 자를 그려 보였다.

아키라는 공을 치우지도 않고 거실로 다시 뛰어 들어와 문어 주먹밥을 한입 가득 물었다. 고추냉이가 너무 많이 들어 있어서 코가 찡했다. 얼른 음료수를 한 모금 마시고 제단 쪽을 힐끗 쳐다보았다.

자신의 생일, 그리고 아버지의 기일.

아키라로서는 참 마음이 복잡한 날이었다. 축하를 받고 마냥 기뻐해야 할지, 아버지가 세상을 떠난 날이니 애도해야 할지 갈피를 잡을 수가 없었다. 그래도 친척 중에 제일 막내이니 철부지처럼 기뻐하는 척하는 게 좋을 것 같아서 언제나 힘껏 자기 생일을 즐기는 척했다.

장남 고토 가즈야, 차남 고토 아키라. 아키라의 이름은 아버지 이름인 '아키노리'에서 따서 지었는데 '이 아이는 부친의 분신이 틀림없다.'는 강한 믿음이 담겨 있다.

아키라의 이름에 관해서는 큰아버지가 도무지 양보하지 않았다고 한다.

아버지는 대학병원에서 일하던 우수한 외과 의사였다. 어려운 수술에도 과감히 나섰고, 많은 환자를 치료했다. 아버지는 친척들의 자랑이었고, 희망이었다. 그런데 어이없게도 교통사고로 그만 죽고 말았고 그날 아키라가 태어났다.

아키라는 자신을 아버지의 분신으로 여기고 기대하는 친

척들의 마음을 충분히 이해했다. 그래서 중학교에 입학하면서 바로 농구부에 들어갔다. 아버지가 중고교 시절, 농구에 빠져 지냈다는 이야기를 큰아버지한테 귀에 못이 박히도록 들었기 때문이다.

"아키노리는 성적도 우수했지만 운동신경도 아주 뛰어났어. 고등학교 때는 고교농구선수권대회까지 나갔었지. 그때 다 같이 응원도 갔었는데……."

또 아키라에게는 아버지처럼 의과대학 진학이 기대되고 있었다.

큰아버지는 평범한 회사원이고, 요코하마 고모는 전업주부였다. 할아버지나 사촌들 중에도 의사는 없다. 의사 집안도 아닌데 의사가 되리라는 기대를, 그것도 형이 아닌 동생 아키라에게 하다니 참 묘했다. 그러나 생전에 아버지가 늘 배 속의 아이에게 자기 뒤를 잇게 하고 싶다고 말했다니 별 수 없는 노릇이었다.

"아키노리는 어쩌면 무의식적으로 자기가 살날이 얼마 남지 않았다는 것을 느꼈을지도 몰라. 그러니까 태어날 아이에게 자기 뒤를 잇게 하고 싶다는 소리를 했지."

이것도 친척들이 모일 때마다 큰아버지가 입버릇처럼 하

는 말이었다.

"기대가 아주 커."

큰아버지는 기회가 있을 때마다 약속이라도 받으려는 듯
아키라의 손을 잡으며 말했다.

아키라는 이번에도 일단은 "네!"라고 대답하고 또 한 살을
먹었다.

올봄 아키라는 남자 농구부 주장이 되었다.

초등학교 5학년 무렵부터 할머니 집에 있는 골대로 슛 연습을 해 온 덕분인지 아키라는 1학년 때부터 득점이 많은, 우수한 선수로 대접받아 왔다. 그래서 이미 주장으로 선발될 각오는 하고 있었다. 또 주장이라는 자리가 대학 입시에 좋은 영향을 미칠 거라는 점도 아키라에게는 매력적이었다.

아키라는 방과 후 특별활동이 없는 날이면 할머니 집에서 슛 연습을 했다.

"아버지 대신 태어났으니 아버지처럼 마당에서 슛 연습을 하는 건 당연하지?"

5학년 때 엄마가 시켜서 처음 시작했지만 오히려 학교 말고도 슛 연습을 할 수 있는 장소가 있다는 게 좋아서 아키라는 학교에서 돌아오면 부지런히 할머니 집으로 갔다. 걸어서

10분 거리에 혼자 사는 할머니는 아키라가 오면 마당을 내주고, 차와 과자까지 내왔다.

"슛 연습하는 널 보고, 너와 이야기를 나누면 할머니의 쓸쓸한 마음이 한결 나아지실 테니까. 잘해 드려."

엄마의 강력한 권유 때문에 아키라는 슛 연습 도중에 반드시 한 번은 쉬는 걸 규칙으로 정하고 할머니와 찬찬히 이야기를 나눴다.

아키라는 할머니도 다른 친척들처럼 아키라가 아버지의 뒤를 잇기 위해서 농구와 공부를 열심히 하는 거라고 여기리라 생각했다. 직접 들은 적은 없지만 틀림없이 기대하고 있으리라는 걸 의심하지 않았다.

아키라도 중학교에 들어갈 때까지는 아버지 뒤를 잇겠다는 의욕이 대단했다. 그런 자신의 운명을 자랑스럽게 생각하기도 했다. 그러나 중학교에 입학해 농구부에서 본격적으로 연습을 하면서 달라졌다.

패스와 드리블로 수비수 사이를 빠져나와 슛을 쏠 때 느끼는 스릴과 짜릿한 쾌감은 어느새 아키라를 사로잡았다. 장래에 실업 팀이나 프로 팀에 들어가고, 언젠가 미국 NBA 선수로 활약하고 싶다는 꿈을 갖기까지 그리 오랜 시간이 걸리지

14

않았다.

농구 선수는 아키라가 태어나서 처음으로 스스로 원하게 된 '장래 희망'이었다. 물론 그 꿈이 무모하다는 건 알고 있었다. 의사가 되는 것보다 훨씬 험난한 길이라는 것도.

게다가 아키라가 다니는 학교의 남자 농구부는 심한 약체 팀이다. 요 몇 년 사이 기록이라고 해 봤자 지구대회에서 8강까지 올라간 게 전부이고, 대개는 1회전에서 패했다.

그래도 남자 농구부는 나름 인기가 있어서 신입생이 꽤 들어온다. 그러나 시합에서 패한 좌절감과 답답함을 견디지 못하고 1년이면 약 반 정도가 그만두거나 가입만 해 놓고 나오지 않는다.

지금까지 빠짐없이 연습에 나오는 멤버는 2학년 6명, 1학년이 10명이다. 내년에 지금 1학년 10명 가운데 몇 명이 나올지는 알 수 없다.

게다가 나오는 멤버마저 의욕이 없다. 특히 아키라가 속한 2학년은 농구부원이라기보다 함께 어울려 다니는 그룹에 가깝다. 그래서인지 연습 시간에 진지함은 찾아볼 수 없고 늘 장난스럽고 가볍다.

아키라는 농구를 좀 더 열심히 잘해 보고 싶지만 혼자 힘으로는 무리였다. 그래도 자신의 꿈을 버리려고 생각한 적은 한 번도 없다. 소속 팀이 약하다고 해서 꿈을 포기한다는 건 변명조차 되지 않는다.

"아키라, 프로야구 선수 중에 우에하라라는 선수가 있는데, 그 사람은 재수해서 들어간 대학에서 비로소 빛을 보기 시작했어. 프로야구는 물론이고 메이저리그까지 진출했지. 정말 대단하지? 아버지도 중학생 땐 눈에 띄는 선수는 아니었던 모양이더라. 너도 아버지처럼 고등학교에 입학하고 나서 본격적으로 농구를 해도 늦지 않아."

농구부원들이 의욕이 없다고 투덜거리면 형은 이렇게 말하며 아키라를 격려했다.

아키라는 자신감을 갖게 해 주는 형의 이야기를 듣고 꿈을 점점 크게 키워 나갔다.

'그래, 프로 선수 중에는 고등학교에 가서 운동을 시작한 선수도 있는데 나는 이미 농구를 시작한 것만으로도 다행이지 뭐. 지금은 그저 체력을 단련한다 생각하자. 게다가 중학교와는 달리 고등학교에 가서는 팀을 고를 수도 있잖아. 고등학교에 가서 본격적으로 하자!'

아키라가 공부를 소홀히 하지 않는 이유는 해마다 고교농구선수권대회에 출전하고, 현 내에서 손꼽히는 대학 진학률을 자랑하는 사토나카 고교에 가기 위해서였다.

"지금 농구는 몸 만드는 수준이면 되고 사토나카 고교에 들어가려면 공부가 더 우선이야. 사토나카 고교는 요즘 경쟁률이 점점 더 높아지고 있어서 노력하지 않으면 힘들어."

형이 충고했다. 실제로 아키라는 농구 연습 외의 시간은 거의 공부를 하고 있어서 성적도 최고 수준을 유지하고 있다. 사토나카 고교에 진학해서 본격적으로 농구 연습에 돌입하면 실력이 빠르게 향상될 것이고 자신은 반드시 고교농구선수권대회에서 활약하는 선수가 될 것이라는 믿음이 있었다. 그 후에는 물론 프로 팀에 들어갈 기회가 펼쳐질 테고, 그러면 NBA가 꼭 머나먼 꿈이라고 할 수도 없을 것이다.

하지만 아키라는 이 꿈을 형에게조차 솔직하게 말하지 못했다. 언젠가 시합에 나가 좋은 결과가 나오면 고백할 작정이었다. 아키라는 친척들은 몰라도 형이라면 틀림없이 자신의 꿈을 지지해 줄 거라고 믿었다. 아키라는 그런 찬란한 미래를 꿈꾸며 하루하루를 보내고 있었다. 고즈키 고타가 전학 오기 전까지는…….

고즈키 고타는 6월 말에 아키라네 반으로 전학을 왔다.

처음에는 딱히 주의를 끌 만한 특징이 없었다. 자기소개도 쭈뼛거리며 중얼중얼 이름을 대는 정도였고, 쉬는 시간에 반 아이들이 말을 걸어도 눈을 피하며 똑바로 대꾸하지 않는 어두운 녀석이었다.

아키라는 그 고즈키가 농구부에 신청서를 냈다는 말을 듣고도 별로 신경 쓰지 않았다. 학생은 전원 특별활동부에 가입해야 하기 때문에 그냥 농구부를 고른 거라고 생각했다.

그런데 고즈키가 처음 연습에 참가한 날, 아키라는 깜짝 놀랐다. 스피드 있는 드리블, 정확한 위치로 던져 주는 능숙한 패스, 상대의 움직임을 비웃기라도 하는 듯이 뛰어오는 페인트 모션, 확실하게 꽂아 넣는 슛. 연습 게임에서 고즈키의 플레이에 팀 전원이 완전히 농락당하고 말았다.

"너 어느 학교에서 왔다고 했지?"

휴식 시간에 농구부 고문인 후카이 선생이 고즈키를 불러서 물었다.

"이시노 제2중학교요."

태연한 척하면서 귀를 쫑긋하고 듣고 있던 팀 전원이 숨을 삼켰다. 이시노 제2중학교는 우리 현에서 항상 전국농구대회에 출전하는 학교였다.

"오오, 대단한 녀석이 들어왔군."

농구에 경험이 없는 후카이 선생은 그렇게 말하고는 애원하듯 아키라를 보았다.

"우리 팀 막강해지겠는데. 안 그래, 아키라?"

후카이 선생은 목소리는 밝았지만 곤혹스러워하는 모습이 역력했다. 걸핏하면 패닉 상태에 빠지는 후카이 선생은 교사가 된 지 얼마 되지 않아 담당 과목인 역사 수업 중에 학생에게 어려운 질문을 받고 교실에서 도망쳤다고 전해 오는 유명한 전설의 주인공이기도 했다.

"주장으로서 실력을 보여 줄 수 있어서 좋겠네. 안 그래, 아키라?"

후카이 선생은 교사가 된 지 5년이 되었는데도 여전히 임기응변에 약했다. 고즈키 같은 실력자를 농구 경험이 없는 자신이 감당하기는 버거우니 아키라에게 잘 부탁한다는 뜻이었다. 그러나 아무리 부탁해 봤자 아키라도 뾰족한 수가 없기는 매한가지였다.

"굉장한 놈이 들어왔어."

그날 연습을 마치고 집에 가는 길에 평소 농구부 활동에 무관심하던 부원들도 고즈키를 화제 삼아 노닥거렸다.

"어떡하지? 저런 놈이 와서······."

벌레 씹은 얼굴로 말을 꺼낸 사람은 오로지 키를 키우기 위해 농구를 하는 와다였다.

"시합 때 혼자 플레이하라고 하지 뭐. 혹시 알아? 쟤가 와서 우리 팀이 1회전 정도는 이길 수 있을지!"

유일하게 기를 쓰고 고즈키에게 달려들었다가 보기 좋게 당한 요시다가 시큰둥하게 말했다.

"그거 괜찮네. 우리 네 명은 코트 구석에 쭈그리고 앉아서 구경하면 어때?"

까칠한 다니구치가 빈정거리자 풀이 죽었던 요시다가 유쾌하게 받아쳤다.

"죽이는데, 그거 재밌겠어."

그 말에 부주장인 마노가 낄낄 웃었다. 대화는 조금도 진지해지지 않았다. 유령 부원이나 그만둔 부원에게도 스스럼없이 말을 걸고, 놀러 오라고 말하는 마노는 농구부를 단순히 사이좋은 친목 동아리 정도로 생각한다.

"고즈키가 그 전에 포기하고 그만두든가, 유령 부원이 되겠지."

아키라는 이야기에 찬물을 끼얹을 작정으로 말했다.

"그럼 내가 외롭잖아, 아잉."

여자 목소리 흉내 내기를 좋아하는 구노가 볼에다 손을 대고 안타까운 척했다.

"그런가? 그만둘까? 아깝다. 졸업까지 우리 팀이 이기는 거 한 번쯤은 보고 싶었는데."

와다가 조금도 안타깝지 않은 무덤덤한 말투로 말했다.

"그러게."

마노가 아키라의 어깨를 토닥이며 유쾌하게 웃었다.

아키라는 결국 고즈키의 플레이를 보고 가슴이 두근거린 건 자신뿐이었다고, 어쩌면 팀이 강해질지도 모른다는 기대를 했는데 다른 애들은 그렇지 않았다는 것에 실망했다.

그 뒤로도 농구부는 고즈키의 화려한 플레이에 농락당했다. 그리고 연습 후 귀갓길에는 으레 그런 고즈키의 단독 행동을 이기죽거리는 게 멤버들의 습관으로 자리 잡아 갔다.

고즈키는 고즈키대로 농구부원들과 조금도 친해지려 하지 않고, 연습이 끝나면 꽁무니를 빼며 혼자 돌아가 버렸다. 자신은 너희들하고 다르니까 감히 친해지려고 하지 말라는 듯이 구는 태도가 아키라는 부러웠다. 실력이 있으니 그런 고립은 조금도 안쓰럽지 않았다. 고독이 카리스마로 느껴져 외려 근사해 보였다.

　'아무래도 약체 팀 그대로 가는 수밖에 없나.'

　아키라는 이렇게 생각하면서 여름방학에 실시되는 하계 집중 훈련 기간을 맞이하고 있었다.

3

"아키라!"

고즈키가 공을 머리 위로 올리며 외쳤다. 공이 고즈키를 에워싼 상대편의 머리 위로 반원을 그리며 아키라에게 왔다. 아키라는 공을 받고 그대로 숏 자세에 들어갔다. 아키라가 던진 공이 링 안으로 쏙 빨려 들어갔다.

"좋았어!"

팔짱을 끼고 고개를 끄덕이던 코치가 아키라의 시야에서 사라졌다. 재빨리 자기 자리로 돌아간 고즈키는 진지한 표정으로 이미 수비 자세에 들어가 있었다. 아키라도 그 뒤를 따라 자기 자리로 뛰어갔다.

남자 농구부는 여름방학 동안 두 차례에 걸쳐 집중 훈련이 잡혀 있다. 전반기는 7월 26일부터 8월 4일까지, 후반기는 8월 19일부터 28일까지 열흘씩이다. 농구부는 매일 아침 9시반부터 12시까지 체육관 전면 사용을 허가받았다.

이런 힘든 일정을 신청한 것은 지구대회에서 상위를 목표로 하고 있는 여자 농구부 때문이었다. 남자 농구부로서는 뭐 그렇게까지 하느냐는 분위기였지만, 같은 농구부인 이상 남자 농구부도 똑같이 훈련해야 했다. 목표도, 코치도, 연습 방법도 다르지만 체육관의 반을 사용하게 된 이상 여자 농구부에게 비난받지 않을 정도는 연습해야 했다.

드디어 하계 집중 훈련이 시작되었다.

체육관은 창문을 모두 다 열어 놓아도 뜨거운 바람만 간간이 들어올 뿐 아주 무더웠다.

그렇게 푹푹 찌던 날 남자 농구부에 새로운 코치가 왔다. 하계 집중 훈련 첫날에 후카이 선생이 한 명을 데리고 온 것이다. 갈색으로 염색을 하고 삐죽삐죽 세운 짧은 머리에 아직 여드름 자국이 남아 있는 얼굴은 너무나 평범한 대학생이었다. 그러나 190cm는 됨직한 키에 어깨와 팔근육, 탄탄한 가슴은 과연 농구 선수다운 체격이었다.

"사쿠라바라고 한다. 잘해 보자. 오늘부터 본격적으로 훈련을 시작할 테니까……."

코치는 짧게 인사를 마치고 훈련을 시작했다. 금세 농구부원의 얼굴과 이름을 외우고 지시를 내리는 걸 보니 영리한 사람 같았다. 코치는 불필요한 말은 한 마디도 하지 않았다. 훈련 시간 내내 대학생 운동선수다운 활기찬 느낌 없이 무표정하고 담담하게 지시를 내렸다.

"모처럼 우리 농구부에 잘하는 친구가 들어와서 하계 집중 훈련 기간에 맞춰 농구 전문가를 초대했으니까 열심히들 해 봐."

후카이 선생은 주장인 아키라에게 그렇게 전한 뒤 아이들이 연습하는 건 보지도 않고 교무실로 돌아가 버렸다.

새로 온 코치는 쉬는 시간에 아키라와 고즈키를 체육관 밖으로 불렀다.

"이 팀에서 제대로 하는 건 너희들뿐인 것 같은데……. 둘의 콤비네이션이 원활하도록 지도할 테니까 각오해 둬."

아키라는 화를 내는 것 같은 코치의 표정에 긴장하면서도 설레는 마음을 억누를 수 없었다.

"너희 둘 콤비네이션만 잘되면 1회전에서 떨어지는 건 피할 수 있을 것 같아."

고즈키는 잠자코 코치의 말을 듣고 있었다. 아키라는 고즈키의 몸이 다부지다고 생각했었는데 코치와 나란히 있으니 역시 아직 몸이 덜 영글었다는 걸 한눈에 알 수 있었다.

"고즈키는 그렇다 치고 아키라는 원래 여기 학생이지? 고즈키 말고는 잡어들이나 있을 거라 생각했는데, 아키라 너 하체가 꽤 튼튼하다. 뭐 다른 운동이라도 하냐?"

"아니요, 뭐 특별히……."

아키라는 개인 연습을 하고 있었지만 아무한테도 말하지 않을 작정이었다. 할머니 집에서 하는 슛 연습은 물론이고 사람들이 거의 다니지 않는 밤 시간에 달리기를 하거나 공원에서 기초 체력 트레이닝을 하고 있는 것도.

이런 약체 팀에 속한 주제에 개인 연습을 한다고 말해 봐야 꼴도 우습고 NBA 선수가 되고 싶어 한다는 게 알려지면 웃음거리만 될 뿐이기 때문이다.

"어쨌든 딴 녀석들은 무시하고 둘이서 열심히 해라. 대부분 의욕도 없고, 쓸 만한 놈이 없는 거 같으니까."

코치는 그렇게 말하고 불쾌한 듯 한숨을 쉬었다.

"그럼 잘해 보자."

그러고는 휘적휘적 체육관으로 돌아갔다. 코치의 말에 아무런 대꾸도 하지 않은 고즈키도 뒤따라갔다. 혼자 남은 아키라는 히쭉히쭉 새어 나오는 웃음을 참을 수 없었다.

남자 농구부가 워낙 약체 팀이라 하계 집중 훈련을 한다 해도 기대하지 않았는데, 대단한 녀석이 나타났다. 게다가 농구를 잘 아는 코치까지 왔다. 이제 농구 기술을 제대로 익힐 수 있다. 아키라는 날아갈 것처럼 기분이 좋았다.

그러나 아키라는 두 사람만 편애하는 코치의 방식을 이대로 받아들일 수만은 없는 입장이었다. 일단은 다른 부원들의 기분이 좋지 않을 것이다. 아키라는 주장이기 때문에 팀 분위기를 생각해야 하고 다른 멤버들과도 잘 지내야 했다. 마음이 불편하면 훈련에 집중하지 못할 게 뻔했다.

아키라는 곧장 교무실로 달려갔다.

교무실 앞에서 심호흡을 했다. 문을 열고 들어가니 에어컨 냉기가 온몸을 감쌌다. 아키라는 왜 교무실만 환경이 좋을까 고개를 갸웃거리면서 후카이 선생 쪽으로 갔다. 후카이 선생은 책상 앞에 앉아 노트북을 물끄러미 보고 있었다.

"후카이 선생님."

아키라가 말을 걸자 선생님은 흠칫 놀라며 몹시 당황한 표정을 지었다.

"응? 어, 무슨 일이야?"

그러면서 노트북 뚜껑을 천천히 덮었다. 아키라는 후카이 선생에게 야한 동영상이라도 보고 있었던 거냐고 캐묻고 싶었지만 애써 순진한 표정을 지으며 물었다.

"저, 사쿠라바 코치가 우리 농구부에는 어울리지 않는 것 같아요."

순간 후카이 선생의 표정이 딱딱하게 굳어졌다. 하지만 이내 평소의 표정으로 말했다.

"그 녀석 중고교 시절 내내 농구부를 했고, 고교농구선수권대회에서도 좋은 성적을 거뒀어. 그러다 무릎을 다쳐서 선수 생명이 끝난 거야. 그래서 좀 꼬인 데가 있긴 하지만 나보다 농구에 대해 잘 알고 코치로서는 적임인데……."

"하지만 고즈키 수준에 맞춰서 훈련을 하려고 하고……. 전 별로 내키지가 않아요."

아키라는 조심스럽게 말했다.

"그렇지만 벌써 훈련까지 시작한 마당에……."

후카이 선생은 고개는 들지 않고 눈만 올려 아키라를 쳐다보았다. 아키라는 그런 후카이 선생이 언짢으면서도 속으로는 '됐어!' 하고 쾌재를 불렀다. 코치 확보는 성공인 셈이다.

"이제 와서 그만두라고 말하기도 어렵고, 여름방학 동안만 참아. 네가 주장으로서 코치와 선수들 사이의 다리 역할을 잘해 줘."

아키라는 그 말에 낙담했다.

'뭐야, 여름방학 동안만이야?'

"너도 내년에는 수험생이지? 주장 역할 잘하면 대학 입시에 유리할 거야."

후카이 선생이 그렇게 말하고 팔꿈치로 아키라의 옆구리를 찔렀다.

"예?"

아키라는 이해가 안 가는 척 그 자리에 그냥 서 있었다.

"그러니까 잘 좀 부탁한다, 주장!"

후카이 선생은 후련하게 대답하지 않는 아키라의 얼굴을 난처한 듯 들여다봤다.

"아, 맞다."

그러더니 별안간 생각났다는 듯 손뼉을 치며 말했다.

"나 도서관에 가 봐야 하거든."

그러고는 아키라를 향해 헤실헤실 웃어 보였다.

"자료집을 만들어야 돼, 자료집."

후카이 선생은 곤란한 상황에 닥치면 웃는 버릇이 있었다. 이 자리에서 빨리 벗어나고 싶어 하는 기색이 역력했다.

"그럼 훈련 잘 부탁한다."

후카이 선생은 서둘러 일어나 큰 걸음으로 교무실을 빠져나갔다. 아키라는 그런 후카이 선생을 어이없이 바라보았다.

후카이 선생은 편해지고 싶었던 것이다. 여름방학 동안 그 더운 체육관에 가고 싶지 않은 것뿐이다. 그래서 고즈키가 들어오자 자신이 감당할 수 없다는 핑계를 만들어 코치를 데리고 온 것이다. 아키라는 농구부 고문이라는 사람의 불성실한 태도에 실망하며 터벅터벅 체육관으로 돌아갔다.

"으아! 힘들어!"

새 코치가 하는 훈련 방식은 지금까지와는 비교가 안 될 정도로 빡빡했다.

"뭐야? 우리를 죽이려고 작정했나?"

다니구치가 드러누워 천장을 보고 소리쳤다.

"아니, 도대체 왜 이렇게 돼 버린 거야?"

소리도 못 지를 정도로 지친 와다가 어기적어기적 기어서 아키라에게로 와 항의했다.

"이런 흉한 몰골을 미사키에게 보인다면 나는 차일 게 분명해!"

와다가 농구부에 들어온 목적은 오로지 같은 학원에 다니는 미사키보다 키가 커서 고백하는 것이었다. 당연히 이런 힘든 연습은 바라지 않았다.

"후카이 선생이 고즈키가 감당이 안 돼서 여름방학 동안만 부탁한 거래."

평소에 개인 훈련을 한 아키라도 서 있기 힘들 정도로 기진맥진했다. 아키라는 땀에 절어 파란색에서 군청색으로 변한 티셔츠를 훌렁 벗어 던졌다.

고즈키는 심드렁한 표정으로 이미 체육관에서 나가고 있었다. 이 정도 연습은 고즈키에게 별것 아닌 모양이었다.

"우리가 왜 고즈키 수준에 맞춰 훈련해야 하는 거야?"

요시다가 팍팍해진 허벅지 근육을 흔들어 풀면서 불평했다. 그래도 요시다는 이를 악물고 코치의 훈련을 참아 냈다. 승부욕에 불이 붙은 모양이다.

"그래도 여름방학만이니까……."

아키라는 자신도 훈련이 지긋지긋한 척하면서 모두를 위로했다.

"나는 훈련이 끝날 때까지 못 버틸 것 같아."

구노가 훌쩍훌쩍 우는 시늉을 하며 말했다.

"우리 다 같이 울어 버리면 코치가 짜증 나서 안 나올지도 모르는데……."

다니구치는 이렇게 말하고 구노와 나란히 우는 시늉을 했다. 그런 유치한 생각을 하는 건 언제나 다니구치다.

"그래, 다 같이 울면 코치도 분명 손을 들 거야."

아키라는 구노 말에 그럴 리 없다고 살짝 고개를 흔들었다. 그렇지만 멤버들이 이런 걸 재미있어하니 맞춰 줄 수밖에 없었다.

"자, 좋았어. 다 같이 연습해 볼까?"

마노 말을 신호로 1학년들까지 우는 시늉을 하기 시작했다. 여자 농구부가 그런 남자 농구부를 무시하며 체육관을 나갔다.

아키라는 속으로 '남자 농구부가 이렇게 한심해서 미안.'이라고 사과하며 다른 아이들을 따라 우는 시늉을 했다.

4

그날 저녁이었다.

전화를 받은 건 저녁 준비를 하던 형이었다.

아버지가 없는 아키라네 집은 간호사로 일하는 엄마 대신 형이 맡아서 집안일을 한다. 형은 이제 살림의 달인이 다 되어 청소, 빨래, 식사 준비를 빈틈없이 하는 건 물론이고 딸기를 조려 잼을 만들고, 매실을 담가 주스를 만들며, 마당에 채소와 허브를 키우기까지 한다. 지금은 학교가 방학이라 새로운 디저트 만들기에 여념이 없었다.

"여자애한테 전화 왔는데……."

아키라가 책상에서 얼굴을 들고 방문 쪽을 돌아보자 하얀 앞치마를 입은 형이 문 앞에서 전화기를 들고 싱글거리고 있었다. 엄마가 된 기분으로 요리해야 한다면서 형은 부엌일을 할 때 반드시 그 앞치마를 입었다.

"여자애라니, 누구?"

"목소리가 귀여워."

"그러니까 누구?"

아키라가 벌컥 짜증을 내자 형은 전화기를 던졌다.

"시노하라랍니다."

이름을 들어도 누군지 전혀 알 수 없었다.

"시노하라가 누구야?"

아키라가 묻자 형이 빙긋 웃었다.

"고백받으면 제일 먼저 나한테 소개해라. 너한테 어울리는 아이인지 판단해 줄 테니까."

그리고 일부러 아주 조용히 문을 닫고 부엌으로 돌아갔다. 아키라는 행여나 그런 일이 일어날까 한숨을 내쉬며 전화를 받았다.

"아키라니?"

"응, 그런데……."

형 말대로 목소리는 귀여웠다. 애니메이션 여주인공에 어울리는 목소리였다.

"나 1반 시노하라인데 혹시 알겠어? 시노하라 마유. 같은 반 된 적은 없지만 초등학교를 같이 나왔는데."

"아아, 글쎄……."

같은 반 여자아이들의 이름과 얼굴도 일치시킬 수 있을지 없을지 모르는데 옆 반이라니 도저히 알 리가 없었다.

"미안, 잘 모르겠어."

"그래? 음, 뭐 괜찮아."

스스로에게 하는 것 같은 대답이었다.

아키라가 잠자코 있으니 시노하라가 이어서 말했다.

"할 얘기가 있는데, 전화로는 말하기가 좀 껄끄러운 일이라서……."

갑자기 심장이 두근두근 소리를 내며 뛰기 시작해서 아키라는 가슴을 지그시 눌렀다.

"만나서 얘기할 수 없을까?"

'만나서 얘기?'

"그렇게 오래 걸리지는 않을 거야."

'대체 왜?'

"안 돼?"

'설마?'

"아니야, 괜찮아."

정말로 괜찮은지는 잘 모르겠지만 딱히 거절할 이유도 없

었고 정신을 차리고 보니 이미 아키라는 그렇게 대답하고 있
었다.

"아, 다행이다."

한시름 놓았는지 밝아진 시노하라의 목소리에 아키라의
심장은 더욱더 빨리 뛰었다.

"그럼 내일 훈련 끝나고 역 앞 맥도날드로 올래? 기다리고
있을게."

"응."

긴장해서 목소리가 갈라져 나왔다.

"그럼 내일 봐."

"그래, 내일."

통화가 끝나고도 아키라는 한참 동안 전화기를 귀에서 뗄
수 없었다. 참았던 숨을 토하고 나서야 아키라는 방에서 나
와 전화기를 갖다 놓으러 갔다.

"고백 받았어?"

부엌에서는 형이 프라이팬을 한 손으로 잡고 요리를 하고
있었다. 고소한 기름 냄새와 향기로운 채소 냄새로 입안에
침이 고였다.

"뭐래? 사귀재?"

형은 혼자 들떠 있었다.

"뭐래? 가르쳐 주라."

아키라는 기묘한 꿈에서 깬 것처럼 머리가 멍했다.

"아니."

그리고 두세 번 눈을 껌뻑거리며 말했다.

"전화를 잘못 건 것 같아."

"아닌데…… 분명히 '아키라 있어요?'라고 했어. 귀여운 목소리로 말이야."

형은 왠지 믿기지 않는 모양이었다.

"그래도 잘못 건 거 같아."

"그래?"

"응."

"하긴 뭐 귀여운 목소리와는 전혀 딴판으로 생긴 애도 있긴 해."

"응, 성격이 안 좋을 것 같은 느낌이야."

아키라는 형에게 맞장구를 치며 깊숙이 고개를 끄덕였다.

"밥 금방 돼. 조금만 기다려."

"응."

아키라는 대답했지만 형이 듣지 못할 정도의 모기만 한 목소리였다.

아키라는 방으로 돌아와서 다시 책상에 앉았다. 불을 쓰는 부엌에 있다 와서 그런지 창이 열려 있는 방이 꽤 시원하게 느껴졌다. 창밖은 어스름이 깔리고 있었다.

형한테는 잘못 걸린 전화라고 얼버무렸지만 친구도 아닌 옆 반 여자애가 만나서 이야기하고 싶다니 아무래도 '고백' 말고는 없을 것 같았다.

아키라는 마침내 전화를 현실로 받아들였다.

학교에서 인기 있는 남자애들은 대회 상위권에 오르는 야구부와 꽃미남들이 득실거리는 축구부이다. 아키라는 약체 팀인 농구부인 데다 꽃미남도 아니라서 인기가 많지 않았다.

아키라가 그런 자신을 한탄하면 형은 말했다.

"네가 고교농구선수권대회에서 맹활약하면 인기는 저절로 따라올 테고 의과대학이라도 철썩 붙어 봐. 그땐 더 할 거야. 예비 의사 애인이 되려고 여자들이 발에 차일 정도로 줄을 설 테니까 걱정 붙들어 매. 애인은 그중에서 제일 예쁘고 머리 좋은 애를 고르면 돼."

형의 조언은 아키라에게 용기를 주었다. 지금은 인기에 연연하지 않겠다고 결심했고 가능하면 여자한테는 관심을 갖지 않으려고 애써 왔다.

아키라는 초등학교 졸업 앨범을 꺼냈다. 1반부터 차근차근 시노하라 마유라는 이름을 찾았다. 그리고 2반 한가운데서 그 이름을 가진 얼굴을 찾아내고 가슴이 찌릿찌릿했다.

"예쁘다."

이 얼굴에 그 목소리라면 분명 인기가 많을 것 같았다.

'이런 애가 나를 왜?'

아키라는 약체 농구부 주장이긴 하지만 성적이 괜찮은 편이고 키도 크다. 아키라는 여자라는 존재가 신기할 정도로 감이 뛰어나다고 하더니 자신이 장래에 NBA 선수가 될 만한 거물이라는 걸 알아차리고 반했을지도 모른다고 생각했다.

"아키라, 밥 먹자!"

그때 옆집까지 들릴 것 같은 형의 굵고 큰 목소리가 집 안에 울렸다. 아키라는 놀라서 앨범을 덮었다.

'사귈지 말지는 만나 보고 정하지 뭐.'

아키라는 경쾌한 발걸음으로 부엌으로 향했다.

5

다음 날 아키라는 훈련이 끝나자마자 곧장 역 앞 맥도날드로 향했다.

통유리로 된 자동문이 열리자 2인용 자리에 앉아 있던 여자애가 아키라 쪽을 향해 손을 흔들었다. 아키라는 얼굴이 훅 달아오르는 것을 느끼며 살짝 고개를 끄덕여 알은척를 하고 주문을 하러 카운터로 갔다.

콜라를 주문하면서 아키라는 졸업 앨범 사진을 떠올렸다.

'초등학교 때보다 더 예뻐졌네.'

아키라는 여자에게 흥미를 갖지 않으려고 노력해 오긴 했지만 옆 반에 저런 아이가 있었다는 걸 몰랐다는 게 어이없었다.

아키라는 주문한 콜라를 들고 시노하라 맞은편 자리에 앉았다.

"훈련 힘들지?"

시노하라가 눈을 동그랗게 뜨고 똑바로 바라보자 아키라는 가슴이 벌렁거렸다.

"아니, 별로 그렇지도……."

이제 고백을 받을 거라 생각하자 아키라는 긴장하지 않을 수 없었다.

"난 체육 시간에 조금 한 거 가지고도 몸이 쑤시던데."

시노하라가 찰랑찰랑한 머리를 귀 뒤로 넘기면서 웃자 아키라도 덩달아 웃었다.

"하계 집중 훈련 기간이라 고되겠다."

"응, 뭐 그렇지."

고개를 끄덕여 보였지만 시합에서 한 번도 이긴 적 없는 팀이 훈련이 힘들다고 해 봐야 꼴만 더 우스운 것 같아서 아키라는 마음이 불편했다.

시노하라가 자기 컵을 들더니 입으로 빨대를 물었다. 아키라도 똑같이 컵을 드는 동시에 빨대에 입을 댔다. 아키라는 언제 빨대에서 입을 떼야 할지 고민하다 콜라를 단숨에 다 마셔 버렸다.

"그런데……."

시노하라가 이야기를 꺼냈고 아키라는 얼음만 남은 컵을 탁자에 놓았다.

"할 얘기라는 거 말인데……."

아키라는 가슴을 졸이며 이야기를 기다렸다.

부끄러운지 시노하라는 좀처럼 말을 꺼내지 못했다. 연한 분홍색 입술을 꼭 다물고 아래만 보고 있었다.

"저……."

'그냥 내가 좋다는 말만 전하려는 걸까? 아니면 사귀고 싶다고 단도직입으로 말하려나?'

아키라가 긴장하며 기다리고 있는데 각오가 섰다는 듯 시노하라가 얼굴을 들고 물었다.

"아키라, 너 형 있지?"

'형?'

"내추럴스토어에서 장 보는 거 자주 봤어. 모양이 특이한 큰 장바구니 들고 다니는 사람 맞지?"

"응, 맞아."

형은 그 마트를 좋아했다. 마트에 갈 때마다 꼭 인터넷 쇼핑몰에서 샀다는 희한하게 생긴 장바구니를 들고 갔다.

"으음, 어떻게 말해야 좋을지 모르겠는데, 사실 말이야,

나……."

'그렇구나, 고백하고 싶은 상대는 내가 아니라 형이구나.'

"저……."

시노하라는 말을 쉽게 꺼내지 못했다.

'하긴 형은 키도 크고 몸도 탄탄하고 얼굴도 그만하면 괜찮지. 그런 형이 마트에서 장바구니를 들고 쇼핑을 하는 모습이 시노하라의 관심을 끌었을지도.'

실망하지 않았다고 할 수는 없지만 아키라는 형이라면 양보할 수 있다는 마음이 들었다. 형은 집안일을 하느라 지금까지 여자랑 사귀어 본 적이 없었다. 아키라는 보통 대학생들처럼 형이 좀 놀기를 바랐다.

아키라는 마음을 다잡고 시노하라의 말을 기다렸다.

이젠 아키라의 가슴이 두근거리지 않았다. 말하기 거북해서 머뭇거리는 시노하라를 보며 즐기는 여유까지 생겼다.

"나, 보고 말았어."

'보고 말았다?'

"네 형이 물건을 슬쩍하는 거."

'슬쩍하는 거…….'

"나도 내추럴스토어에 자주 가는데…… ."

'뭐? 슬쩍했다고?'

"네 형이 물건을 훔치는 거 몇 번 봤어."

'형이 물건을 훔쳐?'

예상 밖의 전개에 아키라는 혼란스러웠다.

"근데 이상한 건 언제나 조그만 과일만 훔친다는 거야."

아키라는 컵으로 시선을 떨구었다.

"키위나 레몬, 유자 같은 걸 주머니에 숨겨."

아키라는 시노하라가 무슨 말을 하는지 이해할 수 없었다.

"그리고 나가서 가게 바로 앞에 있는 쓰레기통에 훔친 과일을 버려."

'물건을 슬쩍하는 것은 성격이 어둡고 불만이나 스트레스를 해결하지 못하는 놈들이 하는 짓이야. 형이 그런 짓을 할리가 있겠어?'

"그러니까 네 형이 갖고 싶어서 훔치는 건 아닌 것 같아."

아키라는 컵을 꼭 쥐고 빨대로 얼음이 녹은 물을 힘껏 빨아들였다. 컵에 얼음만 남아 츠츠츱 하는 소리만 나는데도 아키라는 빨대를 놓지 않았다.

"아키라?"

시노하라는 그런 아키라의 모습에 난처한 모양이었다.

"왜?"

아키라는 빨대를 입에 문 채 얼굴을 들었다. 고개를 갸웃거리며 큰 눈을 깜빡이는 시노하라를 마주 보아도 더 이상 두근거리지 않았다.

"괜찮아?"

아키라는 빨대를 입에서 떼고 천천히 고개를 끄덕였다.

"이런 일이 있는 줄 몰랐지?"

아키라는 대답하지 않고 다시 한 번 고개를 끄덕였다. 물론 시노하라가 하는 말은 믿어지지 않았고, 믿을 생각도 없었다. 하지만 여기서 믿을 수 없다며 거짓말이라고 큰 소리로 소동을 부리는 것은 오히려 역효과일 것 같아 일단 고개를 끄덕였을 뿐이다.

"그렇구나."

아키라는 시노하라의 목적이 무얼까 생각했다.

"가게 사람들에게 들키기 전에 가르쳐 줘야 할 것 같아서⋯⋯."

'형의 도둑질을 눈감아 줄 테니 그 대신 뭐 돈 같은 걸 달라는 얘긴가?'

"걱정 마. 나 아무한테도 말 안 했으니까."

"응."

아키라는 침착한 척하며 고개를 끄덕여 보였다.

"물론 가게 사람들한테도 말 안 했고, 앞으로도 말 안 할 거야. 날 믿어. 절대로 말 안 할 거야."

"응."

스트레스 때문인지 갑자기 관자놀이 근처가 욱신욱신 아프기 시작했지만 아키라는 태연한 척하며 고개를 끄덕였다.

"형이 조금 피곤해서 그런 거 같아. 아키라 네가 좀 신경을 써 주면 틀림없이 형이 그런 행동을 하지 않을 거라고 생각해."

"응."

"아키라가 형을 좀 도와주면 좋겠다는 생각이 들어서 알려 주고 싶었어."

"응."

시노하라는 그냥 고개만 끄덕이며 "응."이라고 대답하는 아키라의 태도에 당황한 것 같았다. 시노하라가 손에 컵을 쥐고 빨대에 입을 대는 걸 보고 아키라도 다시 컵을 들어 빨대를 물었다.

'비밀로 할 테니까…… 라는 얘기는 언제 시작하려나?'

콜라 맛이 섞인 밍밍한 얼음물이 금세 사라졌고 아키라는 물고 있던 빨대를 놓았다.

"그래서 말인데……."

시노하라가 다시 입을 열었다.

"다시 보게 될 때를 대비해서……."

아키라는 드디어 올 것이 왔다고 생각했다.

'보게 될 때를 위한 입막음 비용을 달라는 말일까?'

"네 휴대전화 번호 좀 가르쳐 줄래?"

"전화번호?"

"안 돼?"

시노하라는 그렇게 말하고 얼굴을 붉혔다. 그리고 다시 눈을 깜빡이며 아키라의 표정을 살폈다.

"아니야, 가르쳐 줄게."

거절하면 형이 물건 훔치는 걸 인정하는 꼴이 되는 것 같아서 아키라는 흔쾌히 휴대전화를 꺼냈다. 시노하라도 허둥지둥 가방에서 휴대전화를 꺼내 둘은 전화번호를 주고받았다.

가게 안은 냉방이 잘 되고 있는데도 아키라의 이마에서 땀이 삐질삐질 흘렀다.

전화번호가 저장된 것을 확인한 시노하라는 마음이 놓이는지 얼굴에 미소가 묻어났다.

"이건 우리 둘만의 비밀로 하는 거야."

"응."

그러나 그 뒤 시노하라는 뭔가 개운치 않은 듯 빨대로 컵속의 얼음을 휘저을 뿐 아무 말도 하지 않았다.

"저…… 얘기란 건 그게 다야?"

기다리다 못해 아키라가 말했다.

시노하라는 얼음을 휘저으면서 아키라를 힐끗 보고 고개를 끄덕였다.

"응, 그래."

아키라는 영문을 알 수가 없었다. 둘만의 비밀로 하자는 시노하라의 목적이 무엇인지 뚜렷이 알고 싶었다. 그렇지만 좀이 쑤셔서 한시라도 빨리 이 자리에서 뜨고 싶었다.

"그럼 나 약속이 있는데 일어나도 괜찮을까?"

아키라는 거짓말을 했다.

"아, 그래 미안. 일부러 와 달라고 해서."

"아니, 전혀."

아키라는 가방을 들고 일어섰다.

"그럼 간다."

아키라는 억지웃음을 지으며 말했다. 손도 조금 흔들었다.

"응, 또 봐."

아키라는 손을 살짝 흔드는 시노하라를 보며 '또 봐.' 라니 그건 또 무슨 말인가 싶어 의아했다. 역시 다른 목적이 있을 거라는 의심이 들었다.

아키라는 전화번호를 가르쳐 준 걸 후회하면서 천천히 가게를 나섰다. 가게를 나오자 뜨거운 열기가 훅 올라왔다. 머리가 핑글핑글 도는 게 더위 탓인지 알 수 없었지만 아무 생각도 하지 않기로 했다. 그리고 다음 약속에 서둘러 가는 척하며 잰걸음으로 걷기 시작했다.

6

"어, 많이 늦었네."

아키라가 집 안에 들어서니 형이 쪼그리고 앉아 신발 끈을 묶고 있었다. 형 옆에 늘 들고 다니는 장바구니가 있는 걸 보고 아키라의 가슴이 철렁 내려앉았다.

"마트 갔다 올 테니까 점심 먹고 있어."

"응."

일어서며 형은 인터넷 쇼핑몰에서 구입한 알록달록한 장바구니를 들었다.

"프랑스에서는 남녀노소를 불문하고 시장에 장바구니를 들고 가서 쇼핑을 해. 특히 이런 모양의 장바구니가 아주 인기라던데?"

형은 뿌듯한 눈빛으로 장바구니를 바라보며 자랑했었다. 물론 여기는 일본이고, 가는 곳도 시장이 아니라 마트지만 형은 늘 당당하게 그 알록달록한 장바구니를 들고 나갔다.

"비닐봉지를 쓰지 않으니까 환경보호도 되고, 계산하는 아줌마들한테도 멋쟁이라고 칭찬을 받는다니까."

그야 180cm의 키에 21살 청년이 이런 걸 들고 마트에 물건을 사러 다니는 것 자체가 드무니까 당연한 반응이다. 그래도 아키라는 그런 천진난만한 형을 늘 흐뭇한 마음으로 바라보곤 했다.

"형."

"응?"

"가끔은 내가 갈까?"

아키라는 형이 마트에 가지 못하게 말리고 싶었다.

"뭐?"

형이 수상스러운 듯 고개를 갸웃거렸다.

"가끔은 형을 도와줘야 할 것 같아서."

"됐어, 됐어."

형은 싱긋 웃으며 말했다. 그러고는 아키라의 어깨에 손을 얹고 말했다.

"넌 공부만 하면 돼. 나는 집안일, 엄마는 직장, 넌 공부해서 장래에 의사 되기. 알았지?"

형은 늘 그렇게 말하며 절대로 아키라에게 집안일을 시키지 않았다.

"응, 알았어."

아키라는 순순히 동의했고 형은 그런 아키라를 보며 고개를 끄덕였다.

"오늘 저녁은 태국 카레다!"

"다녀와."

아키라가 말하자 형은 주먹을 들어 보이며 파이팅을 외치는 시늉을 하고 돌아섰다. 아키라는 형이 현관문을 닫고 나가자 나직이 한숨을 쉬었다. 형이 마트에 가는 걸 말리는 자신에게 화가 났다. 마치 시노하라의 말만 믿고 형을 의심하는 것 같아서. 형은 그런 짓을 할 리가 없는데…….

아버지가 돌아가신 건 형이 초등학교 1학년 때였다.

아키라가 철이 들었을 무렵에는 이미 집안일 대부분을 형이 맡아서 하고 있었다. 형은 특별활동이나 동아리 활동도 하지 않았고, 학교에서 돌아오면 청소와 빨래, 요리를 했으며 지금은 아키라에게 매일 도시락까지 싸 주고 있다.

아키라는 형이 겉으로 보기에는 무난히 집안일을 해내고 있지만 실제로는 아니었나 하는 생각이 들었다. 즐거워서 하는 게 아니라 엄청난 스트레스를 받으면서 하고 있는 걸까?

아키라는 거기까지 생각하고 머리를 가로저었다. 그럴 리가 없다는 생각이 들었다. 야근이 많은 엄마를 대신해서 집안일을 하겠다고 자처한 형에게 그런 스트레스가 있을 거라고는 생각하기 어려웠다.

특히 요리는 형이 정말로 좋아하는 일이다. 형의 도시락은 정말 맛있고 호화로웠다. 얼마 전에는 같은 반 여자애한테 "어떡하면 매일 그렇게 호화로운 도시락을 쌀 수 있는 거야?"라는 소리도 들었다. 그런 도시락이 창피하지도 않냐는 메시지를 전하고 싶었던 거다.

그러나 그 말을 들은 형은 좋아서 헤벌쭉 웃으며 말했다.

"오호, 내가 얼마나 많은 시간과 정성을 들여 도시락을 싸는지 아는구나. 걔 참 대단하다, 대단해."

오히려 형을 기쁘게 한 꼴이 되어 아키라는 그 말을 괜히 전했다고 후회했다.

이런 형이 물건을 훔치는 치사한 짓을 할 리가 없다. 시노하라의 이야기는 터무니없었다.

아키라는 형이 차려 둔 점심을 먹어 치우고 2층에 있는 자기 방으로 들어갔다. 가방을 내려놓는데 휴대전화에서 메시지가 도착했다는 신호음이 울렸다.

– 나 시노하라야. 오늘 일부러 나와 줘서 고마워. 내가 한 이야기는 절대 비밀이니까 안심해도 괜찮아. 형에게 잘해 줘. 그럼 또 봐.

아키라는 문자를 확인하고 침대로 기어들어 갔다.

'절대 비밀이니까 안심하라고? 대체 무슨 뜻이야? 게다가 그럼 또 보자니!'

아키라는 일어나 책상에 앉았다. 이럴 때는 공부를 하는 수밖에 없다. 문제에 집중하고 있으면 그 순간만큼은 모든 것을 잊을 수 있다.

아키라는 영어 문제집을 펼쳤다. 그러나 사전에서 모르는 단어를 찾다가 문득 또 다른 불안을 느꼈다. 언젠가 자신이 NBA 선수가 되고 싶다고 선언하면 형은 뭐라고 할까?

"나는 집안일, 엄마는 직장, 너는 공부해서 장래에 의사가 되는 게 우리의 일이야."

형은 입버릇처럼 말했다.

아버지가 돌아가신 뒤 형도 엄마도 부담을 나눠 지고 있다. 그런데 의사가 되지 않는다면 혼자만 그 부담에서 달아나는 꼴이다. 아키라는 그것이 무엇보다 괴로웠다. 그렇지만 엄마도 억지로 일한다기보다는 좋아서 하는 것 같은 느낌이고, 형도 기꺼이 집안일을 하는 거라는 생각이 들었다. 그러므로 꼭 의사가 되지 않아도 괜찮을 거라고, NBA 농구 선수가 되는 것은 어쩌면 의사가 되는 것보다 더 대단한 일일지도 모른다고, 목표가 높아진 만큼 엄마와 형도 틀림없이 응원해 줄 것이라고 생각했다.

"넌 과연 아버지가 환생한 거 같아. 난 찬성이야. 내 동생이 의사인 것보다 NBA 농구 선수인 게 훨씬 자랑스러워."

형은 그렇게 응원해 줄 게 분명하다고 생각했다. 지금까지 언제나 아키라 편이었던 것처럼.

예전에 마음이 맞는 친구가 없다고 풀 죽어 있는 아키라에게 형은 말하곤 했다.

"지금은 대충 애들한테 맞춰 주면서 지내면 돼. 친구는 고등학교 때 같이 고교농구선수권대회를 목표로 연습하거나 의대에 입학하면 자연스럽게 생길 거야. 그런 친구가 평생 친구가 될 거야."

덕분에 아키라는 지금은 단짝 친구가 없어도 괜찮다고 생각하게 되었고, 코치 말대로 '잡어들 모임'인 농구부원들에게 적당히 맞춰 가며 지내는 것도 힘들지 않았다.

'괜찮아, 나는 저런 잡어들하고는 달라. 그러니까 아무 걱정할 필요 없어. 불안할 것도 없어.'

아키라는 '잡어'라는 단어를 사전에서 찾아보았다.

'small fish'

아키라는 큭큭 웃었다.

'나머지 농구부원들이 스몰 피시라면 고즈키와 나는 스페셜 피시인가?'라고 생각하니 아키라는 오싹할 정도로 기분이 좋아져서 문제 푸는 데 집중할 수 있었다.

"아키라한테 패스해!"

1학년인 가가가 공을 들고 패스할 상대를 찾아 두리번거리자 코치가 소리를 질렀다. 이날도 역시 연습 게임에서 아키라는 고즈키와 한 팀이 되었다. 아키라 앞을 상대편인 마노가 가로막았지만 마노보다 10cm나 큰 아키라는 점프를 하며 코치 지시대로 공을 받을 수 있었다. 그러고는 곧장 드리블해서 골 밑을 향해 달렸다. 뒤에서 마노가 따라오는 눈치였지만 방해받지 않고 골 밑까지 계속 갈 수 있을 거라고 판단한 순간 다시 코치가 소리를 질렀다.

"아키라, 고즈키한테!"

수비수들이 몰려들기 시작한 골 밑에서 역방향으로 향하는 고즈키가 시야에 들어왔다. 수비수에게서 자유로워진 고즈키가 손을 들고 패스하라는 눈빛으로 아키라를 봤다. 아키라는 '과연 다르군.'이라 생각하며 고즈키에게 패스했다.

공을 받은 고즈키는 곧바로 슛 자세에 들어갔지만 다니구치가 두 손을 들고 그 앞을 막아섰다. 그러자 고즈키는 수비수의 마크가 없어진 아키라에게 다시 바운드패스로 공을 돌렸다.

아키라는 그것을 받아 아무한테도 방해받지 않고 슛을 쏘았다. 공이 백보드에 가볍게 맞고 링 안으로 쏙 떨어졌다. 떨어진 공이 튀면서 상대편들 발밑으로 굴러갔다.

"그거야!"

코치가 손뼉을 치며 고개를 끄덕였다.

아키라도 속으로 '좋아!'라고 외치며 몰래 주먹을 쥐고 파이팅 포즈를 했다.

사쿠라바 코치는 연습 게임을 할 때 아키라와 고즈키에게 콤비 플레이를 시키기 위한 지시만 내리고 다른 말은 일절 하지 않았다. 너무 노골적이라서 아키라는 기분이 좋은 반면 걱정이 되기도 했다. 코치가 둘에게만 신경 쓰는 것이 다른 멤버들에게 유쾌할 리가 없었다.

그래서 연습 후 집에 가는 길에 아키라는 다른 농구부원들과 어울려서 적극적으로 코치 욕을 했다.

"난 이런 혹독한 훈련은 안 해도 되는데. 너무 피곤해서 학원에 가면 잠만 자게 돼! 미사키 앞에서 스타일만 구기고."

와다의 말에 아키라는 축 처진 와다의 어깨를 두드리며 고개를 끄덕였다.

"그러게 말이야, 와다."

"코치 말이야, 연습 끝나자마자 가잖아? 이 일을 알바 정도로 생각하는 거 같지?"

요시다는 연습이 끝나면 바로 가 버리는 코치의 태도가 마음에 들지 않는 모양이었다.

"내 생각도 그래. 차라리 형이라고 부를 수 있는 정감 있는 코치면 좋겠는데."

아키라로서는 원망의 화살이 그런 쪽으로 향하는 게 다행이다 싶었다.

"그래그래, 농구보다는 어른 공부나 시켜 주지."

다니구치가 말하며 으흐흐 야릇한 웃음을 보였다. 심각해지는 걸 싫어하는 다니구치가 이야기를 돌리기 시작하면 욕은 끝난 것이었다.

"어른 공부?"

이런 얘기만 나오면 생기가 도는 마노가 덤벼들자 다니구치는 점점 더 신이 나서 말했다.

"성인 비디오를 우리 대신 빌려다 주거나."

"히야아!"

구노가 높은 톤으로 소리를 질렀다.

"축구부 고니시는 형 회원 카드로 맘대로 빌린대."

마노가 어디서 들은 얘기를 전했다.

"그래도 안 걸려?"

온종일 미사키 생각만 하는 와다가 물었다.

화제가 바뀌었는데도 아키라는 여전히 아이들의 눈치를 보고 있었다. 마치 자기도 아이들의 이야기에 관심이 많다는 듯 히죽히죽 웃으면서 코치 이야기가 다시 나오지 않는지 지켜보았다. 마지막까지 방심할 수 없었다.

하지만 아키라에게는 이것보다 더욱 귀찮은 약속이 기다리고 있었다.

ㅡ 안녕, 나 시노하라야. 매일 훈련하느라 힘들지? 내일 동네 마쓰리 축제에 같이 가면 어떨까 해서 메시지 보내. 피곤하면 안 가도 돼. 훈련하느라 스트레스가 쌓였다면 풀러 가자고. 거절해도 괜찮아.

메시지가 온 건 어젯밤이었다.

아키라는 이 메시지를 두 번 연거푸 읽었다.

'이건 무슨 뜻일까, 나를 불러내는 목적이 뭐지? 스트레스를 풀러 가자고 하지만 시노하라의 진짜 목적은 분명 따로 있을 거야. 형이 물건 훔치는 현장을 또 봤다는 걸까? 그래서 자신을 입 다물게 하고 싶다면…… 뭐 이런 얘기를 하려는 건가?'

거기까지 생각하고 아키라는 한숨을 뱉었다.

어쨌든 여기서 거절하면 무슨 일을 당할지 모르니까 아키라는 시노하라의 청에 응하기로 했다. 그리고 이번에는 자기를 불러내는 목적을 꼭 밝혀내겠다고 다짐했다. 설령 시노하라가 예쁜 얼굴로 귀여운 표정을 짓는다고 해도 말이다.

아키라는 옷을 갈아입자마자 서둘러 약속 장소로 갔다. 맥도날드 앞에서 시노하라가 기다리고 있었다.

"아키라!"

시노하라가 먼저 아키라를 알아보고 달려왔다. 시노하라는 남색 바탕에 빨간 꽃이 큼직하게 그려진 유카타를 입고 있었다. 옅게 화장도 했는지 지난번하고 인상이 조금 달라 보였다.

"훈련 힘들지?"

시노하라가 밝게 인사하자 아키라는 자기도 모르게 고개를 숙였다. 주책없이 가슴이 두근거리는 자신이 한심했다.

"바로 저기 상가에서 하는 마쓰리야. 작은 마쓰리지만 그래도 재미있을 것 같아."

"응, 그래."

아키라가 얼굴을 들고 머리를 끄덕이자 시노하라는 활짝 웃으며 아키라의 등을 밀었다.

"가자!"

"으응."

시노하라의 손이 닿은 부분이 순간 마비되는 것같이 화끈거렸다. 아키라 옆에서 시노하라가 또각또각 신발 소리를 내며 걷고 있었다. 아키라는 시선을 어디에 두어야 할지 몰라 발치에 있는 자기 그림자만 내려다보았다.

"금붕어 건지기 잘해?"

시노하라는 아키라와는 달리 아주 편안해 보였다.

"별로."

아키라는 시노하라가 귀엽지만 참 뻔뻔스럽다고 생각하며 대답했다.

"나도 못해. 그런데 할 때마다 왠지 잘될 것 같아서 매번 도전하게 돼."

아키라는 시노하라가 남자아이였다면, 아니 예쁘지 않은 여자아이였다면 더 냉정할 수 있을 것 같았다.

"오늘 무지 덥네. 이런 날은 빙수를 먹어야지."

'나를 불러낸 목적은 뭘까?'

아키라는 줄곧 그게 궁금했다.

"나는 딸기 맛 빙수만 먹는데 아키라는 뭐가 좋아?"

'마쓰리는 관심 없으니까 불러낸 이유를 가르쳐 줘.'

"혹시 콜라 맛?"

시노하라는 방글방글 웃으며 대꾸를 하지 않는 아키라 얼굴을 들여다봤다. 아키라는 시노하라의 행동에 얼굴이 빨개지고 말았다.

"으응, 콜라 맛 좋아."

아키라가 대답하자 시노하라는 웃으며 고개를 끄덕였다.

세 시간 뒤, 아키라는 방에 돌아오자마자 침대에 누웠다. 파김치가 된 몸이 땅바닥으로 푹 꺼질 것처럼 무거웠다.

시노하라와 같이 갔던 마쓰리는 근처 노인들과 아이들이 바글거리는 정말 작은 마쓰리였다. 빙수를 먹고 금붕어 건지

기를 하는 곳에 갔더니 조그만 애들이 모여 있었다. 아이들 한테 밀려 가며 종이 뜰채로 겨우 금붕어 세 마리를 건졌고 풍선 낚기에 도전해 구경하던 아주머니의 핀잔을 들으며 간신히 핑크색 물 풍선을 낚아 올렸다. 그다음에는 핫도그를 먹으며 가설무대에서 상가 회장이 부르는 트로트와 아줌마들이 추는 훌라댄스, 그리고 유치원생들의 공연을 구경했다.

즐거워 보이는 시노하라와 다르게 아키라는 여자애와 단둘이 마쓰리에 왔다는 상황이 어색해서 내내 쭈뼛거렸다. 궁금한 것은 하나도 묻지 못했고 말도 못했다. 아무리 여자 앞에서 부끄럼이 많다지만 완전히 바보였다. 아키라는 주변머리 없는 자신이 한심했다. 침대에 엎드려서 그런 자신을 자책하며 매트리스를 주먹으로 쾅쾅 치는데 불현듯 한 가지가 떠올랐다.

요즘 어수선한 일이 계속되는 바람에 할머니 집에 슛 연습하러 가는 걸 계속 빠뜨린 것이다. 생일 이후엔 한 번도 가지 않았으니 일주일이나 빠뜨린 셈이었다.

"아아, 도대체 뭐하고 있는 거야!"

아키라는 몸을 벌떡 일으켰다. 엄마가 알면 큰일이었다. 미처 농구의 재미를 몰랐던 초등학교 때는 귀찮아서 할머니 집에 가는 걸 자주 빼먹었다. 그렇게 게으름을 피우다 들키면 엄마는 아키라의 엉덩이를 걷어차며 말했다.

"아버지는 네가 태어난 대신 돌아가신 거야. 너는 할머니에게 손자인 동시에 아들 노릇까지 해야 되니까 정신 좀 차려."

유도와 가라테를 배운 엄마는 화가 나면 여자로서는 상상도 못할 힘으로 차고 때리기 때문에 타격이 컸다. 오늘은 제발 그런 이유로 야단맞고 싶지 않았다. 자기혐오에 빠지는 것은 하루에 한 번으로 족했다.

주변은 아직 환했다. 숏 연습하기에는 문제가 없다.

"할머니 집에 갔다 올게."

형은 마당에서 허브를 손질하고 있었다.

"알았어."

형이 흙투성이가 된 손을 흔들며 인사했다.

아키라는 조금이라도 더 빨리 할머니 집에 가기 위해 피곤
한 몸을 재촉해 뛰어갔다. 뛰어가면 10분이면 도착할 수 있
고 훈련을 겸할 수도 있었다.

기와지붕이 멋진 할머니의 이층집은 오래되었지만 청결하
고 마당에는 계절마다 다른 꽃이 피었다. 집의 상징이라고도
할 수 있는 소나무는 수호신처럼 현관 앞에 듬직하게 서 있
었다. 줄기가 구불구불 자라서 시간이 갈수록 더 멋있었다.

아키라는 언제나처럼 대문에서 마당으로 들어가며 소리를
질렀다.

"할머니, 골대 좀 빌릴게요."

사실 마당 한가운데 떡 버티고 서 있는 골대는 몹시 낡아
서 마당의 경관을 해친다. 그렇지만 찢어진 네트도 공 자국
이 지저분한 백보드도 모두 다 아버지에 대한 추억이다. 지

금은 아키라의 슛 연습용이지만 만약 아키라가 농구를 하지 않았더라도 이 골대는 철거되지 않았을 것이다. 할머니는 마당의 경관을 이유로 추억을 버리는 사람이 아니니까. 그런 소중한 골대이기 때문에 아키라는 이 골대 앞에 서면 늘 신성한 기분에 사로잡혔다.

마당에 굴러다니는 공을 주워 골대에서 1미터 정도 떨어진 곳에 섰다. 그런데 할머니의 기척이 없었다.

"장 보러 가셨나?"

아키라는 할머니가 집에 있든 없든 항상 연습을 했다. 할머니는 집에 있을 때면 마당 쪽 창을 열고 아키라가 연습하는 모습을 흐뭇하게 바라보았다. 집에 없을 때에도 외출하고 돌아오면 어김없이 "어이구, 우리 아키라 와 있었구나." 하고 반갑게 맞아 주었다.

숏을 하려고 공을 머리 위로 들었을 때 마당 쪽 창문이 벌컥 열렸다.

"어, 할머니 계셨어요?"

아키라는 웃으며 할머니에게로 다가갔다. 할머니는 시원해 보이는 초록색 원피스를 입고 있었다.

"요즘 하계 집중 훈련 기간이라서 개인 연습을 홀랑 잊어 버렸어요. 헤헤."

아키라는 멋쩍게 웃고 머리를 긁적였다. 그런데 할머니는 평소와 다른 무표정한 얼굴로 말했다.

"아키라, 미안하지만 오늘은 그냥 돌아가겠니?"

할머니가 그렇게 말한 건 처음이었다.

"조용히 음악을 듣고 싶구나."

할머니는 미소 지으며 다시 말했지만 어쩐지 목소리에 기운이 없었다.

"혹시 몸이 안 좋으세요?"

아키라가 걱정하자 할머니는 고개를 가로저었다.

"아까 방을 치우다 보니까 옛날에 할아버지랑 같이 들었던 레코드가 나오더구나."

할머니는 부끄러운지 아키라의 시선을 피했다.

"괜히 젊었을 때 생각이 나서……."

아키라는 마음이 놓여서 빙긋이 웃었다.

"할아버지랑 할머니는 고등학교 때 합주부 선후배 사이였다면서요?"

아키라는 물으면서 우연히 디딤돌을 보았다. 남자 구두가 놓여 있었다. 꽤 낡았지만 오랫동안 잘 손질해서 신은 가죽

구두였다.

"누구 왔어요?"

아키라가 말하자 할머니는 조금 놀란 표정을 짓더니 푸근하게 웃으며 말했다.

"할아버지 거야. 거풍을 시키려고."

그리고 할머니는 신발을 손으로 들었다.

"잘 보관해 두어야지."

수줍게 웃는 할머니를 보자 아키라는 자꾸 웃음이 나왔다.

"방해해서 죄송해요. 그럼 갈게요."

아키라는 마당 구석을 향해 공을 굴렸다.

"그래, 미안하구나. 일부러 왔는데."

"아니에요. 훈련이 있어서 연습량은 모자라지 않아요."

아키라의 말에 할머니는 안심이라는 표정을 지었다.

"편안하게 음악 들으세요, 할머니."

아키라는 고개를 숙여 인사하고 마당을 나왔다.

아키라에게는 언제나 자랑스러운 할머니였다. 할머니는 항상 상냥한 말투와 부드러운 미소를 잃지 않았다. 집에 있을 때도 옅은 화장을 하고 머리도 늘 단정히 손질해서 언제, 누가 와도 부끄럽지 않게 꾸미고 있었다. 특별한 일이 없어도 기모노를 입는 등 평소에 멋스럽게 꾸미는 걸 즐겼다.

아키라의 엄마는 밖에 나갈 때는 머리 손질과 화장을 하고 스커트에 힐을 신지만 집에서는 언제나 파자마나 운동복 차림이었다.

아키라가 집에 돌아오니 엄마가 거실에서 빈둥거리고 있었다. 아키라는 누워 있는 엄마를 보고 아줌마 아니, 아저씨 같다고 생각했다. 할머니하고는 비교할 수도 없었다.

"어디 갔다 오니?"

"할머니네."

"잘했어."

아키라는 엄마가 읽다 흩뜨려 놓은 신문을 주워 모았다.

"엄마, 오늘 빨리 왔네?"

엄마는 샤워를 끝낸 뒤인지 머리에 타월을 감고 파자마를 입고 있었다.

"얘가 지금 무슨 소리야? 어떤 직원이 무단결근을 해서 16시간 연속 근무했는데. 덕분에 무면허 운전으로 사고를 일으킨 환자한테 아줌마라는 소리를 다 듣고. 잘해 주지 말 걸 그랬어."

엄마는 엉덩이를 무겁게 끌면서 오늘도 환자 흉을 늘어놓았다.

아키라가 아는 엄마 모습과 달리 친척들 사이에서 엄마의 평판은 놀라울 정도로 좋다.

"아키노리는 처복 하나는 많아. 분명히 저세상에서 마음 편하게 자식들이 크는 걸 지켜보고 있을 거야."

"어떻게 아키노리네 애들은 이렇게 착할까. 우리 애들도 구미코한테 키워 달라면 좋겠어."

엄마는 집안일은 손 하나 까딱 안 하고, 오히려 어지럽혀 놓기나 하며, 화가 나면 폭력을 휘두른다. 하지만 친척들은 그런 엄마의 모습을 전혀 모른다. 부엌에서 형이 저녁 준비를 하는데도 엄마는 도울 생각조차 않는다. 그렇지만 형은 조금의 불만도 없는지 누구에게도 불평하지 않고 이렇게 말한다.

"됐어, 됐어. 나는 집안일, 엄마는 직장, 너는 공부해서 장래에 의사가 되는 거야. 알겠지?"

그러나 이미 의사가 아닌 다른 꿈을 꾸고 있는 아키라는 형의 말을 들을 때마다 마음이 불편했다. 형한테만은 사실을 말해야겠다고 생각했지만 1승도 거두지 못했으면서 NBA 선수를 꿈꾸고 있다는 말은 도저히 창피해서 꺼낼 수가 없었다.

아키라는 더 이상 엄마의 불평을 듣고 싶지 않아서 얼른 자기 방으로 피했다. 생각해야 할 일이 산처럼 쌓여 있지만 일단 쉬고 싶었다. 몸도 마음도 녹초가 된 상태였다.

아키라는 바로 침대에 쓰러졌다.

9

그 뒤로 한동안 시노하라에게 연락이 오지 않았다.

그러나 아키라는 휴대전화 메시지 도착음이 울릴 때마다 가슴이 철렁했고 시노하라가 아닌 걸 확인해야만 가슴을 쓸어내리곤 했다. 아키라는 형이 물건을 훔칠 리가 없다고 믿으면서도 흠칫흠칫 놀라는 자신에게 화가 났다.

형이 물건을 훔치지 않는다는 걸 자기 눈으로 똑똑히 확인하면 불안할 필요가 없다고 생각했지만 막상 과감히 실행하지는 못했다.

한편 하계 집중 훈련은 힘들지만 짜릿한 날들이었다. 특히 고즈키와의 콤비 플레이가 잘되면 몸에 전기가 흐르는 것처럼 흥분되었다. 아키라는 좋은 동료와 코치만 있다면 자신도 충분히 좋은 선수가 될 수 있다고 느끼며 훈련에 몰두했다. 그렇지만 다른 멤버들 앞에서는 여전히 짜증 내는 시늉을 해야 했다.

게다가 고즈키는 변함없이 부원들과 친해지려고 하지 않고, 늘 의연하게 혼자 지냈다. 부원들은 연습이 끝나면 혼자 먼저 가 버리는 고즈키를 밥맛없어 하는 기색이 역력했다.

아키라는 팀의 주장으로서 고즈키의 문제를 고민했다. 하지만 이대로 놔두면 언젠가 더 불편한 일이 생길 거라는 생각만 할 뿐 미뤄 둔 채 미적거렸다. 아니, 미루는 게 아니라 아키라가 해결할 수 없는 건지도 몰랐다.

어느 날, 이런 식으로 달아나기만 하던 시노하라와 고즈키의 문제가 그만 동시에 터지고 말았다.

"근데 저 여자애 뭐하는 거야?"

하계 집중 훈련이 막바지로 접어들 무렵이었다.

"어? 1반 애 아냐?"

아키라의 오른쪽에서 마노와 짝을 이뤄 연습하던 와다가 말했다.

와다는 체육관 입구를 바라보고 있었다. 아키라도 그쪽으로 무심코 시선을 옮기려다 넘어오는 공을 받기 위해 공으로 얼굴을 돌렸다. 하지만 아키라와 짝이 되어 연습하던 요시다도 그쪽에 신경을 빼앗겨 패스를 하는 둥 마는 둥 공을 대충 던졌다. 아키라는 공을 받고 체육관 입구 쪽으로 눈길을 돌렸다. 순간 아키라의 가슴이 베이는 것같이 시큰거렸다.

"시노하라 마유네. 쟤가 여기 뭐하러 왔지?"

요시다가 공을 건네면서 묻는 말에 아키라는 고개만 갸웃해 보였다.

흰 원피스를 입은 시노하라의 모습은 체육관에서 유난히 눈에 띄었다.

"쟤 분명히 우리 보러 온 거야."

다니구치가 패스를 멈추고 아이들을 쭉 둘러봤다.

"에헤헤, 우리 중 누구 팬일까?"

이런 팀에 팬이 생길 리가 있겠냐고 마음속으로 빈정대면서 아키라는 패스를 계속했다. 갑자기 땀이 비 오듯 얼굴로 흘러내렸다.

'무슨 일이지?'

아키라는 이를 악물고 냉정해지려고 했다. 지금 패스 연습을 할 때가 아니라고, 시노하라가 왜 왔는지 알아내야 한다고 생각했지만 달리 어떻게 할 도리가 없었다.

다시 힐끗 돌아보니 시노하라가 코치와 이야기를 나누고 있었다. 아키라의 심장박동은 가슴이 아플 정도로 빨라졌다.

'무슨 얘길 하는 거야, 시노하라. 혹시 형 얘기?'

아키라는 시노하라에게 달려가서 확인하고 싶었지만 시노하라가 자기 때문에 왔다는 걸 들킬까 봐 그렇게 할 수가 없었다. 그럼 분명 아이들이 시노하라와 어떤 관계인지 물을 텐데 딱히 둘러댈 말도 떠오르지 않았다.

패스 연습이 끝나고 집합 신호가 있었다. 시노하라가 재빨리 체육관 구석으로 걸어갔다.

코치의 지시에 따라 다음 훈련에 들어갔다. 드리블을 하며 좌우로 움직이는 인사이드 아웃, 수비를 뒤흔들어 놓는 현란한 스텝과 턴 훈련이었다. 훈련이 빡빡하게 진행되는 동안, 시노하라는 체육관 구석에서 줄곧 훈련을 지켜보고 있었다. 아키라는 도망가고 싶었다. 땀을 뻘뻘 흘리는데도 등에는 한기가 들었다.

'배가 아프다거나 발을 삐었다고 거짓말을 할까? 안 돼. 허락을 받으러 코치한테 가면 시노하라가 걱정하며 나를 알은척할 거야. 체육관 앞문으로 몰래 나가 버릴까? 그것도 안 돼. 시노하라가 따라올지도 몰라.'

이대로 연습이 끝나면 다니구치나 다른 부원 중 하나가 태연한 척 시노하라에게 말을 걸 게 틀림없었다. 어쩜 시노하라가 먼저 아키라에게 말을 걸지도 몰랐다.

아키라는 궁지에 몰린 기분이었다. 여자가 무서웠다. 상상도 못한 방법으로 확실하게 망을 좁혀 오다니. 아키라는 시노하라가 시야에 들어올 때마다 절망했다. 이 상황이 꿈이거나 헛것이기를 바라며 몇 번이나 머리를 흔들었다.

아키라는 그런 상태로 평소라면 더없이 좋아했을 연습 게임을 하게 되었다. 물론 오늘도 고즈키와 한팀이었다. 하지만 아키라는 게임에 전혀 집중할 수가 없었다. 드리블을 하며 뛰다가 발이 꼬여 넘어지고 패스를 받는 손에 힘이 안 들어가 공을 놓쳐서 얼굴에 맞기 일쑤였다.

"뭐하는 거야, 아키라!"

코치에게 꾸중을 들을 때마다 아키라는 바짝 긴장을 했지만 코트를 뛰어다니다 보면 어느새 시노하라가 아키라의 시야에 들어와 버렸다. 그럴 때마다 마음이 흔들리고 몸도 흐트러졌다. 집중하지 않은 탓인지 공이 무겁게 느껴졌다.

같은 편에게 패스할 작정이었지만 공은 어처구니없이 상대편 손에 뚝 떨어지고, 슛을 쏘면 들어가기는커녕 골에 닿지도 않았다.

그런 아키라의 플레이에 코치도 짜증이 났는지 아무런 지시도 않고 입을 다물어 버렸다. 고즈키는 코치의 지시가 없으니 아키라를 무시하고 혼자서 플레이를 했다. 그만큼 고즈키는 많은 득점을 얻었다. 연습 게임은 고즈키의 화려한 독무대였다.

'시노하라 때문이야, 시노하라 때문이야, 시노하라 때문이야!'

그래도 아키라는 포기하지 않고 계속 공을 따라갔다. 하지만 달리고 또 달려도 아무것도 달라지지 않았고, 아무리 시계를 봐도 연습 경기가 끝날 시간은 멀기만 했다.

요시다가 골 앞에서 파울을 했을 때였다.

아키라는 체육관 구석에 있던 시노하라의 모습이 온데간데없이 사라져 버린 걸 알았다. 체육관을 둘러보았지만 찾을 수 없었다.

'어디 갔지? 환상이었나?'

아키라는 공을 쫓으면서 패닉 상태가 되었다. 그 뒤로는 시노하라가 사라진 것이 신경 쓰여서 경기를 제대로 하지 못한 채 게임을 마쳤다.

모든 연습을 마치고 코치 앞에서 꾸중을 들을 때도, 공을 치우고 체육관을 걸레질할 때도 아키라는 여전히 정신이 멍했다. 연습 내내 일어났던 일이 모두 꿈만 같았다. 아니, 꿈이길 바랐다.

모든 작업을 끝내고 코치가 체육관을 나가려고 걸음을 옮길 때, 요시다가 큰 소리로 물었다.

"코치님, 아까 시노하라랑 무슨 얘기 했어요?"

역시 그건 꿈도 환상도 아니었다는 걸 확인하며 아키라는 어깨를 축 늘어뜨렸다.

"시노하라?"

"아까 하얀 옷 입은 여자애랑 얘기했잖아요?"

"그 애 이 학교 다녀?"

코치는 요시다 쪽으로 얼굴도 돌리지 않고 산 지 얼마 안되어 보이는 운동화 끈을 정성스럽게 고쳐 묶었다.

"우리 학교 2학년이에요."

"그래."

관심 없다는 듯 무미건조한 대꾸였다.

"무슨 얘기 했어요?"

그래도 요시다는 끈덕지게 물었다.

"누가 제일 잘하냐고 묻던데."

집요한 물음에 코치는 겨우 얼굴을 들고 요시다를 보았다.

"고즈키라고 그랬는데 요시다라고 할 걸 그랬나?"

코치는 일어나더니 히죽 웃고 가방을 어깨에 걸쳤다.

"걔 귀엽던데!"

코치의 말에 요시다의 얼굴이 벌게졌다. 부끄러워서 얼굴을 붉히는 것과는 분명 달랐다.

"너 보러 온 줄 알았나?"

코치는 요시다를 비웃으며 인사도 없이 체육관을 빠져나갔다.

"뭐야! 저 태도!"

남겨진 요시다는 부들부들 떨며 들고 있던 셔츠를 바닥에 팽개쳤다.

"나를 우습게 보고! 사람을 바보를 만들어! 아주 바보로!"

이제까지 쌓여 왔던 요시다의 분노가 마침내 폭발한 것 같았다.

"진정해, 요시다!"

마노가 요시다를 부둥켜안았다. 그러자 다니구치와 와다도 요시다를 말렸다.

아키라는 그 모습을 멍하니 지켜볼 뿐이었다. 주장인 자신이 솔선해서 말려야 했지만 섣불리 얽혔다가 시노하라가 온 목적이 자신에게 있었다는 게 들통 날까 봐 꼼짝할 수 없었다. 게다가 요시다는 고즈키와 아키라에게만 조언을 해 주는 코치에게 불만을 갖고 있었다. 말리려다가 괜히 불에 기름을 붓는 꼴이 되지 않는다는 보장도 없었다. 아키라는 분노의 화살이 자기에게 향할 수도 있다고 생각했다.

"자기 일자리 만들어 준 게 누군데!"

요시다는 세 명에게 눌려 쭈그리고 앉아 다시 셔츠를 마구 휘두르며 분통을 터뜨렸다.

"짜증 나! 재수 없어!"

그리고 셔츠를 바닥에 내리치면서 부르짖었다.

아키라는 그런 요시다를 바라보고 있을 수밖에 없었다. 고즈키를 제외한 2학년 전원이 요시다를 에워싸고 있는데 아키라만 혼자 떨어져서 넋을 놓고 있었다.

10

요시다는 간신히 화를 가라앉히고 안정을 되찾았다.

1학년을 포함한 농구부 전원이 요시다를 에워싸듯이 둘러 앉았다. 그렇게 함께 앉아서 요시다의 심정에 공감한다는 의 사를 표시하고 있었다.

아키라는 그런 우정 놀이에 가담하면서 한심함을 넘어 분 노에 가까운 감정을 느꼈다.

물론 아키라는 코치의 태도가 옳지 않다고 생각했다. 하지 만 코치를 그렇게 만든 건 다름 아닌 바로 자신들이라는 사 실을 왜 모르는 걸까. 반드시 이기고 싶으니 철저하게 훈련 시켜 달라는 의지를 보인다면 코치도 성심껏 지도해 줄 것이 다. 코치의 태도가 분하고 억울하다고 화만 낼 것이 아니라, 진지함을 보여 주면 되는데 왜 아무도 그런 생각은 하지 못 하는 걸까.

"고즈키, 가냐?"

그런 분위기 속에서 혼자 체육관을 나서는 고즈키를 향해 와다가 불만스럽게 말을 걸었다.

"코치는 고즈키를 위해서 온 거지? 우리만 있었으면 안 왔을 텐데 말이야."

다니구치가 큰 소리로 투덜거렸다. 고즈키는 한 마디 대꾸도 하지 않고 그대로 체육관을 나가 버렸다.

"가 버렸네."

구노가 분위기를 바꾸려고 여자 목소리를 흉내 내며 익살스럽게 내뱉었지만 농구부원 모두 못마땅한 한숨을 쉬었다. 아키라는 누구보다 깊은 한숨을 내쉬었다.

'왜 고즈키가 온 걸 기회가 온 거라고 생각하지 않을까? 왜 고즈키 덕분에 실력 있는 코치가 온 거라고 좋게 생각하지 않을까?'

아키라는 불만이었다.

고즈키가 팀에 정을 붙이지 않을 법도 하다는 생각이 들었다. 고즈키처럼 빡빡한 아이가 이런 미적지근한 우정 놀이에 장단을 맞출 리가 없다.

"뭐야 저 자식. 아주 제멋대로네."

요시다가 간신히 가라앉힌 분노에 다시 불을 당기자 순간 모두의 표정에서 긴장감이 감돌았다.

"됐어, 그냥 놔둬."

마노가 밝게 말했다. 그리고 요시다 어깨에 손을 대고 가만히 얼굴을 들여다보았다.

"편 가르기 해 봤자 좋을 거 없잖아?"

덤덤하게 말하는 마노의 말에 모두들 한시름 놓은 표정이었다. 요시다도 더는 아무 말 없이 고개를 푹 숙인 채 입술을 꾹 깨물고 화를 삭였다.

그러자 이번에는 와다가 한마디 던졌다.

"쟤가 우리랑 같은 편이었어?"

'이런 우정 놀이에 언제까지 맞춰야 하지?'

아키라는 더 이상 참을 수 없었다. 그래서 자기도 모르게 벌떡 일어섰다.

"아키라!"

마노가 걱정스럽게 아키라를 올려다봤다.

'너희들 적당히 좀 해! 한심한 건 너희들 아니야? 의욕이 없으면 관둬. 잘하고 싶은 마음이 없으면 농구부 같은 거 관두란 말이야! 잡어들 주제에 진지하게 배우고 싶어 하는 나

나 고즈키를 방해하지는 말아야지!'

아키라는 화가 치밀어 올랐지만 이것을 소리 내어 말하지는 않았다. 대신 주장이라는 자신의 신분을 깨닫고 부드러운 말투로 말했다.

"나 잠깐 고즈키하고 얘기 좀 해 볼게."

아키라는 속내를 들킬까 봐 두려워서 아무하고도 눈을 맞출 수 없었다. 고즈키를 따라 황급히 걸어가는 등 뒤로 아이들의 시선이 느껴졌다.

"주장, 부탁해!"

체육관을 나오는데 유일하게 마노가 소리를 질렀다. 힐끗 돌아보니 마노가 기대에 찬 눈으로 손을 흔들고 있었다. 아키라는 살짝 고개를 끄덕이고 체육관을 뛰어나갔다.

아키라는 세찬 심장박동을 느꼈다. 울컥 화가 치밀어 올랐던 자기 자신이 불안해서 조마조마했다. 홧김에 말을 뱉는다면 지금까지 기울여 왔던 노력이 물거품이 되고 만다.

아키라는 잠시 걸음을 늦추고 깊이 숨을 내쉬었다. 이제 참는 것도 한계에 다다랐다는 것을 자신도 알고 있었다.

솔직히 아키라는 고즈키 편인 것이다. 고즈키는 농구 선수로서 많은 가능성을 가지고 있고 그래서 코치 눈에 띈 것이니까.

아키라는 체력 단련 정도로는 만족할 수 없었다. 할 수 있는 한 많은 연습을 하고 어려운 농구 기술을 익혀서 경기에서 승리하는 쾌감을 맛보고 싶었다. 고즈키와 함께라면 얼마든지 가능하다는 생각이 들었다.

아키라는 걸음을 멈췄다.

'혹시…… 내가 농구에 대해 진지하다는 진심을 보이면 고즈키는 어떻게 생각할까?'

현재 팀에 만족하지 못하고 있다, 고교농구선수권대회에 항상 출전하는 사토나카 고교를 지망한다, 프로 농구 선수가 되고 싶다고 고백한다면 고즈키는 자신을 친구로 받아들여 주지 않을까, 하고 아키라는 생각했다.

유일하게 코치에게 인정받고 있는 자신이 말하면 고즈키도 같이 열심히 해 보자고 선뜻 마음을 내주지 않을까, 그러기 위해 다른 멤버들과 잘 지냈으면 좋겠다고 하면 태도를 바꾸지 않을까 기대가 되기도 했다.

아키라는 다시 뛰기 시작했다.

고즈키가 그렇게만 해 준다면 방학이 끝나고 코치가 없더라도 둘이서 콤비 플레이를 연습할 수 있었다. 평소에는 팀 분위기에 적당히 맞추다가 둘이서 따로 트레이닝을 하는 것도 좋을 것 같았다. 실현되기만 하면 아키라와 고즈키는 중학교 농구 선수로서 최강이 될 것이고 이 팀으로도 지구대회 상위권에 오를 수 있을 것 같았다.

교문을 나와 첫 번째 횡단보도를 건너자 고즈키의 뒷모습이 보였다.

"고즈키!"

아키라는 고즈키를 쫓아가서 소리쳐 불렀다. 고즈키가 무표정한 얼굴로 돌아보았다.

"너 우리 팀에서 계속 농구할 거지?"

아키라는 고즈키의 반응을 살피면서 후딱 말을 꺼냈다.

"그러면 부원들하고 좀 더 잘 지내는 게 좋을 것 같아."

고즈키의 얼굴만 봐서는 무슨 생각을 하는지 종잡을 수가 없었다. 고즈키는 목덜미로 흘러내리는 땀을 손등으로 훔치기만 할 뿐 아키라와 눈을 똑바로 맞추려고 하지 않았다.

"연습 끝나고 곧장 가 버리지 말고 체육관에 남아서 같이 얘기도 하고."

아키라도 손등으로 코밑 땀을 닦아 내면서 이야기를 핵심으로 끌고 갔다.

"고즈키, 농구 계속하고 싶지?"

아키라가 이어서 말했지만 고즈키의 표정은 그대로였다.

"나도 계속하고 싶어."

고즈키는 시큰둥해 보였지만 아키라는 자신 있게 말을 이어 갔다.

"그래서 나는 다른 애들한테 맞추고 있어."

그리고 가장 하고 싶었던 말을 꺼냈다.

"사토나카 고교에서 본격적으로 농구를 하기 위해서 체력을 단련해 두고 싶거든."

'같이 실력을 높여 보자.'

"그러니까 같이 잘해 보자."

'콤비 플레이를 더 열심히 해 보자.'

"개인 트레이닝도 열심히 하고 있고."

'NBA 선수를 함께 꿈꿔 보자.'

마침내 고즈키가 말을 꺼냈다.

"역시나 넌 그런 생각으로 하는 거였어!"

고즈키의 표정이 호의적인 것처럼 보였다. 어렵게 찾아온 기회라는 생각에 아키라는 계속 말했다.

"우리 팀은 잡어들만 모여 있고 좋은 감독도 없어서 난 지금 거의 체념 상태야. 하지만 사토나카 고등학교에 들어가면 본격적으로 농구를 할 생각이야."

아키라는 이렇게 속내를 털어놓을 수 있는 상대를 만난 게 진심으로 기뻤다. 사토나카 고교에 진학해서야 만날 수 있을 거라 생각했던 '평생 친구'를 만난 것이다.

그러나 고즈키는 코웃음을 쳤다.

"잡어들만 모여 있다고?"

아키라는 그 말이 무슨 뜻인지 알아들을 수가 없었다.

"너 주장이면서 팀원들을 챙길 생각이 없구나."

고즈키는 아키라의 얼굴을 똑바로 응시하고 경멸의 눈길을 보냈다.

"하긴 팀을 추스를 생각이 있으면 코치의 그런 지시에 따를 리도 없었겠지."

아키라는 자신에게 호의적이라고 생각한 고즈키의 표정이 실은 비웃음이었다는 걸 그제야 깨달았다.

"너 진짜 저질이야."

고즈키의 말에 아키라의 얼굴이 확 뜨거워졌다.

"뭐, 뭐라고?"

생각지도 못했던 고즈키의 반응에 아키라는 당황할 수밖

에 없었다.

"왜 내가 저질이야?"

아키라는 그동안 고즈키가 자신을 파트너로서 신뢰하기는
커녕 경멸하고 있었다는 것을 알았다.

"그럼 너도 저질이겠네?"

아키라의 당황스러움은 순식간에 분노로 변했다.

"너도 코치가 지시한 대로 나랑 콤비 플레이를 했잖아?"

하지만 아무리 필사적으로 반격해 봤자 고즈키를 때려눕
힐 만한 독한 말이 떠오르지는 않았다.

"나는 그냥 코치의 지시를 따른 것뿐이야. 주장인 너하고
는 입장이 다르지."

고즈키의 대꾸에 아키라는 한마디 변명조차 할 수가 없었
다. 고즈키는 그렇게 말하고 따분하다는 표정으로 입을 쩍
벌려 하품을 했다. 그러고는 그대로 발길을 돌렸다.

"그럼 뭐 때문에 농구부에 온 건데?"

아키라는 고즈키의 등 뒤에 대고 물었다.

"왜 이런 약체 팀 연습에 열심히 참가하는 거야?"

아키라는 고즈키의 행동이 납득되지 않았다.

고즈키가 우뚝 멈추더니 천천히 뒤돌아보았다. 그리고 짜

증 난다는 얼굴로 아키라를 흘낏 보고 한마디 툭 던졌다.

"너한테는 말하기 싫어."

그러고는 다시 가던 길을 가 버렸다. 아키라는 멀어져 가는 고즈키를 그저 맥없이 바라볼 수밖에 없었다.

"뭐야 저 자식! 내가 왜 저질이라는 거야!"

아키라는 분해서 온몸이 부들부들 떨렸다. 그 자리에서 옴 짝달싹할 수가 없었다. 강렬한 햇빛이 머리에 이글이글 내리쬐는데도 더위조차 느끼지 못했다.

"내가 저질이라고?"

아키라는 받아들이기 괴로운 그 말을 되뇌일 뿐이었다.

11

시간이 얼마나 지났을까?

누군가 아키라의 어깨를 쳤다.

"고즈키가 뭐래?"

돌아보니 마노가 걱정스럽게 아키라를 보고 있었다.

"별 얘기 못 들었어."

아키라는 얼버무릴 수밖에 없었다.

"그래?"

마노는 한숨을 내쉬었다.

"요시다는?"

"머리 식힌다고 다들 옷 입은 채로 풀장에 뛰어들었어."

마노가 큭큭 웃으며 말했다.

농구부는 늘 이렇다. 무슨 문제가 생기더라도 이런 식으로
떠들고 까불다가 끝내 버린다. 결코 심각해지지 않고, 그렇

게 만들지도 않는다. 아키라는 이런 게 늘 불만이었다.

"요시다가 화내서 미안하다고 사과했어. 내일 연습에 지
장은 없을 거야."

"그래?"

아키라는 진짜 다행이라고 여기는 척하면서 대답했다.

"코치 문제는 우리가 여름방학 동안만 참으면 되니까."

"하긴 그래."

아키라 대답에 마노가 안심한 듯이 고개를 끄덕였다. 그리
고 헤벌쭉 웃더니 아키라 옆구리를 쿡 쑤셨다.

"우리도 풀장에 갈까?"

아키라는 그럴 기분이 아니었다. 그렇지만 부원들하고 잘
지내야 한다는 생각에 억지웃음을 지으며 엄지손가락을 세
워 보였다. 아키라는 학교로 돌아와 운동복 차림 그대로 마
노와 풀장에 뛰어들었다. 그리고 기분이 풀린 요시다와 다른
아이들 틈에 섞여 물장난을 쳤다.

고즈키의 '저질'이란 말이 뇌리에 되살아나면 분노가 일
었다. 그런 자식과 평생 친구가 될 수 있을 거라 생각한 자신
이 바보였다는 자기혐오가 엄습해 왔다.

'팀 추스를 생각이 없구나.'

'장난해? 내가 애들한테 얼마나 맞춰 주고 있는데. 팀을 추스를 생각이 없다면 내가 미쳤다고 옷 입고 풀장에 뛰어들어? 네가 주장이 얼마나 힘든지 알 턱이 없지. 체력 단련이라도 할 생각에 한심스런 녀석들하고 어울려 시시덕거리는 내 기분을 알 턱이 없지. 농구 좀 잘한다고 기고만장해서는. 아무리 잘난 체해 봐야 네가 우리 팀에 있는 한 시합에서 한 번도 못 이기는 약체 팀 농구부원에 지나지 않아. 아무리 부탁해 봐라. 이제 너 따위와는 콤비 안 해. 너 같은 녀석은 농구부에서 내쫓아 주지. 각오해.'

"우와와아아아!"

아키라는 괴성을 지르며 손바닥으로 물 펀치를 날리고 물속에서 발차기를 하며 분노를 삭였다. 그리고 아이들에게는 철없이 까불고 노는 것처럼 보이려고 억지로 미친 듯이 날뛰었다.

— 오늘 도서관 갔다 오는 길에 농구부 훈련하나 궁금해서 구경하러 잠깐 들렀는데 혹시 봤니? 정말 힘들어 보이더라. 그래도 열심히 하는 모습이 감동적이었어. 근데 훈련은 언제까지야? 괜찮으면 스트레스도 풀 겸 같이 수족관 구경 갈래?

돌고래 쇼 본 적 있어? 앞쪽에서 보면 스릴 넘치고 물방울이
튀어서 기분도 상쾌해져.

아키라가 집에 돌아와 점심을 먹고 침대에서 빈둥대고 있
을 때 타이밍도 절묘하게 시노하라한테 문자메시지가 왔다.
아키라는 성질이 나서 전화기를 벽에 던져 버릴 뻔했다.

'잠깐 들렀다고? 혹시 봤냐고?'

아키라는 휴대전화 대신 베개를 힘껏 벽으로 집어던졌다.

'애는 대체 목적이 뭐야. 무슨 목적으로 내 주변을 어슬렁
거리는 거야!'

아키라는 던질 게 더 없나 하고 주위를 둘러봤다.

"마트에 장 보러 갔다 올게."

그때 아래층에서 형 목소리가 들렸다. 아키라는 여느 때처
럼 잘 다녀오라고 대답하려다가 관뒀다.

"아키라, 자니?"

그리고 대답 없이 가만히 귀를 기울였다.

마침내 대문 닫히는 소리가 났다. 아키라가 깨어 있으면
평소에는 현관문을 잠그지 않는데 딸각하고 열쇠 돌리는 소
리도 들렸다.

아키라는 나갈 채비를 했다.

짜증만 부릴 상황이 아니었다. 아키라는 마음을 고쳐먹었다.

'이렇게 된 바에야 형이 물건을 훔치지 않는다는 것을 증명하자. 그래서 시노하라에게 내 주변에서 어슬렁대지 말라고 단호하게 말하자.'

몸도 마음도 죽을 것처럼 힘들었지만 아키라는 털고 일어나서 자전거를 타고 페달을 밟았다.

형은 언제나 걸어서 마트에 갔다. 걸어가면 20분은 족히 걸리는데도 비가 오나 눈이 오나 오늘처럼 푹푹 찌는 날이나 늘 형이 좋아하는 장바구니를 들고 걸어갔다.

"자전거 타고 마트에 가면 꼭 아줌마 같잖아. 나는 멋있는 장바구니 들고 걸어서 가는 게 좋아. 산책도 하니까 기분 전환도 되고."

그런 게 왜 좋은지 아키라는 이해가 되지 않았지만 자기만의 규칙까지 세워 놓고 마트에 다니는 형이 물건을 훔치는 부끄러운 짓을 할 리가 없다고 생각했다.

아키라는 전속력으로 페달을 밟아 마트로 갔다. 물론 형에게 들키지 않게 조금 먼 길로 돌아갔다. 먼저 마트에 도착해서 숨어 있으려면 전속력으로 자전거를 몰아도 여유가 없었다.

아키라는 쏟아지는 땀을 닦을 틈도 없이 단숨에 마트까지 자전거를 몰았다.

도착해서 자전거를 마트 입구에서 멀찍이 떨어진 곳에 세웠다. 마트 안은 냉방이 잘돼서 시원했다.

내추럴스토어는 그렇게 넓지는 않았지만 다른 곳에는 없는 특별한 식자재를 골고루 갖추고 있다. 그래서 이탈리아 요리에서부터 태국 요리까지 모두 만들 줄 아는 형이 특히 좋아하는 가게였다. 아키라는 형에게 들키지 않도록 조금 안쪽에서 기다리기로 했다. 어중간한 시간이라서 그런지 가게 안은 한산했다.

아키라는 교복 차림 그대로 온 것을 후회했다. 마트는 중학생이 어슬렁거릴 만한 장소는 아니었다. 아키라는 얼른 입구에 놓여 있는 바구니를 하나 들었다. 동아리에서 간식거리라도 사러 온 것처럼 보이려고 주스를 몇 개 담았다. 과자도 담는 게 좋을 것 같아서 과자 코너로 발을 옮기려고 할 때 마트 안으로 들어오는 형의 모습이 보였다.

아키라는 화들짝 놀라 선반 뒤에 숨어서 형의 모습을 훔쳐

보았다. 형은 카트를 하나 빼서 자기 장바구니를 안에 넣고 곧장 과일 코너로 향했다.

아키라의 시선은 형을 따라가고 있었다. 시노하라는 형이 물건을 슬쩍 훔쳐서 주머니에 감췄다고 말했다. 아키라는 형을 믿는다. 그래서 더욱 주의 깊게 지켜보았다.

형은 주머니에서 메모지를 꺼내더니 차례차례 물건을 바구니에 담았다. 가게의 무엇이 어디에 있는지 완벽하게 파악하고 있는 듯 주저 없이 카트를 쑥쑥 밀고 나갔다.

아키라는 형의 시야에 잡히지 않도록 조심히 형의 뒤를 밟았다.

형은 물건을 잡으면 모두 바구니에 담았다. 수상한 낌새는 전혀 보이지 않았다. 전업주부보다 더 장보기에 능숙해 보였다.

형이 계산대로 향하자 아키라는 들고 있던 주스와 바구니를 제자리에 갖다 놓았다.

'거 봐. 시노하라가 거짓말한 거야.'

아키라는 떳떳해 보이는 형의 모습을 보고 시노하라가 거짓말도 참 잘 지어냈다 싶었다.

아키라는 형이 계산을 하는 동안 얼른 가게를 나가야겠다고 생각하고 계산대 쪽을 힐끗거리면서 입구로 향했다.

그런데 계산대 주위에 있어야 할 형의 모습이 보이지 않았다. 아키라는 다시 뒤로 돌아가 두리번거리면서 가게 전체를 살폈다. 형은 과일 코너를 향해 가고 있었다. 아키라는 형이 빠뜨리고 사지 않은 게 있을 거라 생각하고 그 모습을 지켜보았다.

일은 순식간에 벌어졌다. 과일 선반 앞에서 걸음을 멈춘 형이 손을 쭉 뻗더니 뭔가를 집어서 바지 주머니 속에 넣었다.

아키라는 뒷걸음치며 허겁지겁 형에게서 멀어졌다. 형의 행동이 무엇을 뜻하는지 생각하고 싶지 않았다. 하지만 과일 코너에서 무언가를 잡은 형의 손은 분명히 주머니 속으로 들어갔다. 장바구니가 아니었다. 형이 뭔가를 사려고 손을 내밀었다가 관두고 주머니에 다시 넣은 거라고 생각하고 싶었다.

아키라는 선반 사이 틈으로 살짝 계산대 쪽을 살폈다. 아는 사이인지 형이 계산대 직원과 웃으면서 수다를 떨고 있었다. 그리고 좋아하는 그 장바구니에 물건을 담아 들고 마트를 나섰다. 아키라는 자신의 추리가 옳다는 것을 증명하기

위해 과일 코너로 향했다. 형이 있던 곳에는 키위가 차곡차
곡 쌓여 있었다.

'키위나 레몬, 유자같이 조그만 걸 주머니에 숨겨.'

시노하라의 말이 떠올랐다. 아키라는 가슴이 아릿하게 아
팠지만 시노하라의 말을 그대로 믿을 생각은 없었다.

'그리고 가게에서 나가면 바로 앞에 있는 쓰레기통에 버
려.'

아키라는 마트 입구로 돌진했다. 입구 옆에 큼직한 쓰레기
통이 있었다. 아키라는 안을 들여다보았다. 다른 사람의 눈
을 신경 쓸 여유 따위는 없었다. 그저 쓰레기통 안에 깨끗한
과일이 없기를 간절히 바랄 뿐이었다.

'괜찮아. 없을 거야. 형이 그런 짓을 할 리가 없어.'

그러나 쓰레기통 안에는 깨끗한 키위 하나가 덩그러니 버
려져 있었다.

12

　형보다 먼저 집에 돌아가려면 다시 전속력으로 자전거를 몰고 가야 했지만 아키라는 그럴 기력이 남아 있지 않았다. 아키라는 마트 근처 공원에 자전거를 세웠다. 그리고 그늘진 벤치를 찾아 앉았다. 그늘이 져서 조금 시원하기는 했지만 습기를 머금은 바람에 살갗이 축축하고 불쾌했다. 얼굴을 들자 나무 틈새로 햇살이 어른어른 비쳐 들었다. 매미 소리가 매앰매앰 시끄러운 게 오히려 아키라의 마음을 차분히 가라앉혔다.

　그 키위는 형이 버린 게 아니고 다른 사람이 버린 거라고 아키라는 몇 번이고 스스로에게 되뇌었지만 기분이 개운하지 않았다.

　형이 물건을 훔치고 있다는 시노하라의 말은 거짓이 아니었다.

'시노하라의 말은 사실이었어. 형은 상습범이야.'

아키라는 혼자 이렇게 중얼거리며 이제 형이 물건을 훔친다는 사실을 받아들이고 있다는 것을 깨달았다. 울고 싶은 심정으로 아키라는 마침내 수긍했다. 왜일까? 아키라는 고개를 숙여 머리를 팔로 감아 안고 바닥을 내려다보았다. 근처 모래밭에서 노는 아이들 웃음소리가 요란하게 들렸다.

형이 도대체 왜 물건을 훔치는지 도저히 짐작이 되지 않았다. 아키라는 평소의 형과 물건을 훔치던 형의 모습이 마치 다른 사람처럼 느껴졌다. 장을 보고 돌아올 때면 언제나 밝은 표정으로 노래를 흥얼거리며 돌아오곤 했는데, 그런 형이 왜 물건을 훔치는 걸까. 아키라는 형이 사실은 집안일 따위는 신경 쓰지 않고 여자 친구를 사귀고, 취미 생활을 즐기며 때론 밤늦게까지 술 마시고 노는 평범한 대학 생활을 바랐던 건 아닐까 하며 이해해 보려고 노력했다.

형은 오늘 점심으로 예쁜 접시에 가지와 문어로 만든 샐러드, 닭 날개 튀김, 디저트로는 손수 만든 레몬 타르트를 차렸다. 점심으로 먹기에는 손이 너무 많이 가는 음식이었다. 형이 집안일을 싫어한다면 이런 요리를 스스로 할 리는 없을 것 같았다.

"아키라?"

그때 누군가 자신의 이름을 부르는 소리가 들려 아키라는 천천히 고개를 들었다.

"아키라가 맞네."

눈앞에 시노하라가 서 있었다.

"우연이네. 엄마랑 뭐 사러 가는 길인데 네가 보여서 깜짝 놀랐어."

아키라는 호들갑스럽게 떠들고 있는 시노하라를 멍하니 올려다보았다.

"형이랑 같이 장 보러 왔어? 형 기다리는 거야?"

이럴 때 하필 시노하라가 나타나다니.

"나도 여기서 너랑 같이 기다릴까 하고, 엄마 혼자 장 보러 갔다 오라고 했어."

'우연을 가장하고 줄곧 나를 따라온 건가?'

아키라는 시노하라가 곱게 보이지 않았다.

"아 참, 아까 메시지 보냈는데 봤어?"

'좀 전에 형이 물건 훔치는 것도 어디선가 지켜보고 있었던 건가?'

"훈련하는 거 잠깐 구경했는데 정말 열심히 하더라. 감동

했어."

'거 봐, 봤지? 너희 형이 정말 물건을 훔쳤지? 거짓말 아
니지?'

아키라는 시노하라의 말을 제멋대로 상상했다.

"가을에 대회 있다면서? 응원하러 갈게. 그리고⋯⋯."

"그런데 말이야⋯⋯."

아키라는 결심하고 시노하라의 말을 가로막았다. 그리고
시노하라를 똑바로 보았다. 부끄러워할 때가 아니었다. 겁내
고 있을 상황도 아니었다.

"목적이 뭐야?"

"목적?"

시노하라는 고개를 갸웃거리면서 여전히 영문을 모르겠다
는 표정을 지었다.

"형이 물건 훔친다는 거 인정할게. 그래서 나한테 바라는
게 뭐야?"

시노하라는 대답이 없었다. 반드시 시노하라의 본심을 듣
겠다는 의지로 아키라는 시노하라를 몰아세웠다.

"돈이야? 입 다물어 줄 테니까 돈을 달라는 거야?"

그 말에 시노하라의 안색이 싹 바뀌었다.

"그렇다면 줄게. 얼마면 돼?"

시노하라의 시선이 몹시 흔들렸다.

"돈이라니? 그런 생각 전혀 없어."

한참 있다가 시노하라는 서글픈 표정으로 말했다.

"걱정하지 마. 형 일은 비밀로 할게. 믿어 줘."

"그럼 왜 내 주위에서 어슬렁거려?"

아키라는 자신도 모르게 심한 말을 해 버렸다.

"메시지 보내고, 마쓰리에 가자고 꾀어내고, 훈련하는 데 구경을 오질 않나, 네가 나를 불편하게 한다고!"

아키라는 그렇게 소리를 지르고 시노하라를 외면했다. 시노하라의 표정을 보고 싶지 않았다.

시노하라는 한참 동안 아무 대답이 없었다.

아키라는 수돗가에 모여 노는 아이들을 물끄러미 바라보았다. 아이들은 두 손바닥을 모아 붙여 양동이에서 물을 퍼내고 손가락 사이로 물이 새어 나가는 걸 보며 깔깔 웃고 있었다.

문득 어렸을 때 형이랑 놀이터에서 놀던 때가 떠올랐다. 철봉에 함께 매달리기도 하고 미끄럼틀을 타기도 했다. 아키라의 형은 친구들의 형과 다르게 자신의 시간을 아키라를 위해서 썼다. 아키라는 집안일은 물론 자신까지 돌봐야 했던 형에게 항상 고마운 마음을 가지고 있었다.

"미안해."

드디어 시노하라가 입을 열어 혼잣말처럼 조그마한 소리로 말했다.

"이제 메시지 안 보낼게. 훈련도, 대회도 보러 안 가고. 그럼 됐지?"

그렇게 선언하는 시노하라의 목소리는 금방이라도 울 것처럼 가늘게 떨리고 있었다.

"그렇게 해 주면 좋고."

아키라는 시노하라의 얼굴을 보지 않고 살짝 고개를 숙인 채 대답했다. 시노하라는 대답이 없었다. 한참 동안 어색한 침묵이 이어졌다.

"그럼 그럴게."

마침내 중얼거리는 듯한 시노하라의 목소리가 들렸다.

"그럼 간다."

이번에도 혼잣말처럼 중얼거리고 시노하라는 뒤돌아섰다.

아키라가 고개를 들고 보니 시노하라가 잰걸음으로 멀어져 가고 있었다. 의외로 순순히 물러서는 시노하라의 모습에 아키라는 기분이 찜찜해서 고개를 갸웃거렸다. 아키라는 결국 시노하라가 자신에게 접근한 목적이 무엇인지 알아내지 못했다. 하지만 메시지를 보내지 않겠다고 했고, 형 일도 비밀로 하겠다고 했다.

시노하라의 모습이 시야에서 사라지자 아키라는 그제야 겨우 마음이 놓였다.

'저질이야.'

아키라는 문득 고즈키에게 들었던 말이 생각났다.

이유야 어떻든 여자를 울렸다고 생각하자 죄책감이 몰려왔다. 게다가 시노하라의 마음이 변해서 언제 마트에 일러바칠지 모른다는 생각이 들자 시노하라에게 했던 말이 후회가 됐다. 이런 식으로 다른 사람에게 자기의 감정을 고스란히 드러내다니 도무지 자신답지 않다는 생각이 들었다.

그러나 아키라에게 이미 그런 것쯤은 아무래도 상관없었다. 형이 왜 물건을 훔쳤는지, 시노하라가 왜 울었는지, 고즈키가 왜 자기한테 저질이라고 했는지 따위를 생각할 여력이 없었다.

떠들썩한 소리가 나는 쪽으로 고개를 돌려 보니 아이들은 지겨운 줄 모르고 여전히 물놀이를 하고 있었다. 아키라는 저맘때로 돌아가고 싶다는 생각을 하면서 천천히 일어났다.

일단 집에 돌아가기로 했다. 형이 어디 갔다 왔냐고 물으면 대충 얼버무리기로 했다.

하지만 아키라는 벤치에 도로 앉았다. 보고 만 광경을 모른 척해야 한다고 생각하자 집에 가는 것이 겁났다.

아키라는 벤치에 축 늘어져 앉아 눈을 감았다. 매미 소리와 아이들 노는 소리가 더욱 크게 들렸다.

13

"너 그 손 어떻게 된 거야?"

다음 날, 고즈키가 오른쪽 손목에 붕대를 둘둘 감고 체육관에 왔다.

"어제 혼자 연습하다가 접질렸어요."

고즈키는 코치에게 다가가서 오른손을 내밀었다.

"병원에 갔더니 한 달은 움직이지 말래요. 당분간 왼손으로만 훈련하게 해 주세요."

아키라는 그런 고즈키를 멍하게 바라보고 있었다.

"너, 내가 여기 뭐하러 온 거 같냐?"

코치는 불쾌감을 드러냈다.

"나 이번 여름에만 여기 있다니까. 시간도 얼마 없는데 다치면 어떡해!"

"죄송해요."

"됐어, 됐어."

그렇게 주고받는 두 사람의 대화를 다른 부원들은 잠자코 듣고만 있었다.

그러나 고즈키는 왼손만 가지고도 훈련을 충분히 소화해 냈다. 오른손을 못 쓰니 다른 부원들과 수준이 맞아서 오히려 훈련은 원활하게 진행되었다. 그러나 연습 게임에서는 아키라와 콤비 플레이를 기대할 수 없었다. 의욕을 잃은 코치는 아무런 조언도 하지 않았다.

'고즈키 손이 나을 때쯤엔 저 녀석을 따라잡을 수 있도록 철저히 단련시켜 주마.'

아키라는 코치가 자신을 몰래 불러서 이런 말을 해 주지 않을까 기대했지만 그런 일은 일어나지 않았다. 아키라는 자꾸만 위축되었다.

'어제 내 플레이가 그렇게 한심스러웠던 걸까. 아니면 열흘간의 연습 결과를 보고 이렇다 할 성과가 없으니 포기한 걸까.'

아키라는 연습 게임 중에 코치를 뚫어져라 바라보았지만 코치는 눈조차 맞추지 않았다.

아키라는 코치의 마음을 떠볼 마지막 수단으로 연습 게임

중에 드리블을 하다 일부러 코트 밖으로 공을 튕기는 터무니 없는 실수를 했다. 그래도 코치는 의자에 앉아서 기지개만 켜고 있었다. 아키라의 실수를 꾸짖기는커녕 제대로 보고 있지도 않았다. 절망적이었다.

희망의 문이 완전히 닫혀 버린 기분이 들었다.

"아아, 이제야 살겠네."

그날 집에 가는 길에 부원들은 아키라와 달리 활기가 넘쳤다.

"고즈키가 손목을 다쳐서 코치 의욕도 싹 달아난 것 같으니 다시 그런 힘든 연습은 없겠지?"

와다는 두 손바닥을 마주 잡고 하늘에 감사 기도를 하는 시늉을 했다.

"빙고! 즐거운 남자 농구부 생활로 다시 돌아왔다는 거지."

다니구치가 익살꾼답게 말했다.

"근데 고즈키 걔 손목이 다쳤는데도 연습을 하네."

마노가 고개를 갸웃거리며 말했다.

"몸이 굳을까 봐 그러는 거 아냐?"

아키라가 시큰둥하게 대답했다.

아키라 생각에는 고즈키가 어디까지나 체력 단련을 위해서 연습에 참가하는 거라는 생각밖에 들지 않았다.

"걔 정말로 손목 삐었나?"

마노 말에 어슬렁어슬렁 걷고 있던 부원들이 짜기라도 한 듯 딱 걸음을 멈추었다.

"그럼 거짓말이라고? 쇼?"

구노가 믿기지 않는다는 표정을 해 보였다.

"왜? 뭐 때문에?"

요시다가 어이없다는 표정으로 물었다.

"으음, 잘은 모르겠지만 손목을 삐면 보통은 연습에 빠지지 않냐?"

마노는 팔짱을 끼고 고개를 삐딱하게 기울이고 말했다.

"몸이 굳을까 봐 연습에 나오는 거라니까! 원래 그런 자식이야!"

아키라는 자신도 모르게 버럭 소리를 질렀다.

고즈키는 어제 '너한테는 말하고 싶지 않다'라며 얼버무리고 넘어갔지만 자신의 비겁함을 들키자 분했고, 그래서 마음을 달래려 혼자 연습하다가 손목을 접질렸다고 아키라는 생각했다.

'꼴좋다.'

사람을 바보 취급한 벌이라며 아키라는 코웃음을 쳤다.

"왜 갑자기 화를 내?"

마노가 아키라 얼굴을 마주 보고 의아한 듯이 묻자 아키라는 괜히 뜨끔해서 일부러 바보처럼 에헤헤 하고 웃었다.

"화내는 거 아냐."

그리고 마노 어깨에 손을 두르고 파이팅 시늉을 하며 기운차게 주먹을 들었다.

"좋잖아, 고즈키 같은 녀석 놔두자!"

마노는 여전히 이해가 가지 않는 것 같았지만 아키라는 주먹을 흔들면서 말했다.

"오늘로 전반기 하계 집중 훈련도 끝났으니 내일은 늦잠이다!"

아키라는 그렇게 말을 돌려서 고즈키 이야기를 끝냈다.

아키라가 집에 돌아왔을 때 형은 집에 없었다. 형의 장바구니가 없는 걸 보니 마트에 간 것 같았다.

아키라는 평소처럼 이미 점심이 준비되어 있는 식탁 앞에 앉았다.

카레 필라프, 시금치와 두부 샐러드, 차가운 호박 수프, 디저트로는 어젯밤에 구운 쉬폰 케이크가 놓여 있었다. 형은 아키라가 좋아하는 음식 위주로 식단을 짜면서도 영양까지 두루 고려한 근사한 점심을 차렸다. 아키라는 정성스러운 점심상을 앞에 두고 "잘 먹겠습니다."라고 중얼거리며 가볍게 고개를 숙였다.

'형은 오늘도 물건을 훔칠까?'

제일 좋아하는 카레 필라프를 숟가락으로 막 뜨려던 아키라는 문득 불안감을 느꼈다.

'오늘은 뭘 훔칠까. 레몬? 유자? 오늘도 키위일까?'

필라프를 한 숟가락 입에 넣었지만 아무런 맛이 나지 않았다. 다시 한 입 먹어 봤지만 맛이 느껴지지 않았다.

카레 필라프를 포기하고 호박 수프를 한 숟가락 입에 떠넣었다. 이번에는 목으로 넘길 수조차 없었다. 아키라는 지금 형이 물건을 훔치고 있을 거라 생각하자 아무것도 먹을 수가 없었다.

"거짓말이야."

아키라는 눈을 감고 중얼거렸다. 하지만 어제 본 형의 모습이 선명하게 떠올랐다.

"거짓말이야, 거짓말."

아키라는 눈을 뜨고 벌떡 일어나 냉장고 옆에 걸어 둔 주머니에서 쓰레기봉투 한 장을 꺼냈다. 그리고 식탁 위에 차려진 음식을 모조리 봉투에 쓸어 담았다.

아키라는 늘 형을 좋아했다. 형은 집안일을 완벽하게 하면서도 아버지가 졸업한 수준 높은 사토나카 고등학교에 진학했고, 대학에서는 장학금을 받아서 학비를 해결했다. 또 언제나 밝고 활기차고 유쾌했다. 아키라는 형이 있어 늘 든든했다. 형이 자랑스러웠다. 그런데 그런 형이…….

아키라는 쓰레기봉투를 들고 마당으로 나갔다. 그리고 정원을 손질하는 도구를 넣어둔 함에서 큼직한 모종삽을 꺼내 마당 모퉁이에 크게 가지를 벌리고 자란 감나무 밑을 파기 시작했다.

'거짓말이야.'

아키라는 삽질을 할 때마다 마음속으로 중얼거렸다.

'거짓말이야, 거짓말…….'

구멍이 조금씩 크고 깊어졌다. 아키라는 삽질을 멈추고 쓰레기봉투를 그 구멍 안에 쑤셔 넣었다. 쪼그리고 앉아 있는 자신이 한심스럽게 느껴졌다.

이제 아키라가 점심을 먹지 않았다는 증거는 사라졌다. 자신이 목격한 장면도 이 쓰레기봉투와 함께 말끔히 묻어 버릴 생각이었다.

"형은 도둑질 같은 거 안 해. 난 아무것도 안 봤어."

아키라는 마지막으로 그렇게 중얼거리고 쓰레기봉투 위에 흙을 덮었다. 다시는 그 쓰레기봉투가 바깥으로 드러나지 않도록 정성껏 흙을 덮었다.

14

그다음 날, 명절도 아버지 기일도 아닌데 할머니가 친척
모두를 불러 모았다.

"할머니가 이렇게 우릴 불러 모으시는 건 처음인데."

형은 친척들과 함께 먹으려고 만든 컵케이크를 고이 안고
있었다.

"우리들한테 민폐가 되기 전에 요양원으로 들어간다는 얘
기를 하시려나."

형의 말에 아키라도 엄마도 걸음을 멈췄다.

"무슨 말이야. 그건 안 돼. 절대 안 돼!"

엄마가 버럭 화를 내고는 다시 걷기 시작했다.

"요양원에서 일하는 사람들이 다 좋은 사람만 있는 게 아
니야. 노인이라고 무시하고, 제멋대로 하는 사람도 있다고
들었어. 할머니를 그런 곳에 가시게 할 순 없어. 절대 안 돼!"

아키라와 형은 똑똑 구두 소리를 내면서 성큼성큼 걷는 엄마를 따라갔다.

할머니는 단독주택에서 혼자 사는 게 위험하니 같이 살자는 아들, 딸의 권유를 지금까지 완고하게 거절해 왔다.

"할아버지 그리고 너희들과 행복하게 지내던 이 집에서 계속 살고 싶구나. 추억이 많아서 혼자 있어도 외롭지 않아. 너희들이 이렇게 가끔씩 들러 주는 것만으로도 충분해."

할머니는 할아버지 서재와 큰아버지, 아버지 방도 옛날 그대로 두었다.

"아키라도 이 마당 골대가 없으면 곤란하겠지?"

할머니 말에 아키라는 고개를 끄덕였지만 마음이 복잡했다. 골대가 남아 있는 한 아키라는 친척들 앞에서 슛을 보여 주어야 할 거고, 그걸 보면 모두들 아키라에게서 아버지의 모습을 떠올리고 아키라가 장래에 의사가 되길 기대할 것이기 때문이었다.

아키라는 마음이 무거워서 형과 엄마가 하는 할머니 얘기는 귀에 들어오지 않았다. 자신의 마음과는 상관없이 친척들 앞에서 슛을 하고 아버지와 같은 길을 가는 모습을 보여 주어야 한다는 생각에 억울한 기분까지 들었다.

"미안하구나, 구미코. 병원 일은 괜찮고? 오늘 휴가까지 내고 온 거지?"

하지만 아키라의 그런 기분은 막상 할머니 얼굴을 마주하니 조금 사그라졌다. 자식과 손주들을 오라고 한 것에 대해 진심으로 미안해하는 할머니를 원망할 수 없었다.

"별말씀을요. 이런 일도 없으면 언제 쉬겠어요? 어머니께서 가끔씩 부담 없이 불러 주시면 제가 오히려 고맙지요."

엄마는 할머니에게는 정말 좋은 며느리다. 할머니는 엄마가 집을 나오기 전에 입고 있던 파자마를 뱀 허물처럼 벗어 놓고 나왔다는 걸 꿈에도 상상하지 못할 것이다.

"가즈야, 케이크가 정말 예쁘구나. 너 요리 실력이 점점 느는 건 좋은데…… 젊은 애가 좀 더 하고 싶은 것을 하면서 살았으면 좋겠구나."

하고 싶은 것을 하면서 살고 싶은 아키라는 그런 할머니 말에 울컥 화가 치밀어 올랐다.

'아키라도 꼭 의사가 되지 않아도 괜찮다. 뭐 다른 거 하고 싶은 건 없니?'

아키라는 자신도 그런 말을 듣고 싶다는 불만에 휩싸였다. 하지만 그런 소리를 입 밖으로 내지 않았고 내색도 하지 않았다. 대신에 차례로 할머니 집에 도착하는 큰아버지, 사촌들과 웃으며 인사를 나눴다.

"자, 모두 모여라. 할머니가 할 얘기가 있으시대."

큰아버지가 친척들을 큰 소리로 불러 모았다. 큰아버지는 할머니가 무언가 재미있는 발표를 할 거라고 믿는 모양이다.

모두 커다란 탁자에 둘러앉자 할머니는 얘기를 시작했다.

"엄마, 농담이시죠?"

맨 처음 당황한 기색을 감추지 못하고 물은 건 요코하마에서 온 고모였다. 고모는 입을 가리고 말을 잇지 못했다.

"사실이다."

할머니는 얼굴을 살짝 붉혔지만 평소의 침착한 얼굴로 미소를 지으며 고개를 끄덕였다.

"아, 이게 무슨…… 이런 일이!"

큰아버지의 반응은 당황했다기보다 할머니 말을 받아들일 수 없다는 말투였다.

"이, 이제 와서 뭐하러……."

요코하마 고모는 하고 싶은 말을 제대로 하지 못하고 얼버무렸다.

"너희들이 무슨 말 하고 싶은지 다 안다."

할머니는 처음부터 가족들이 어떤 반응을 보일지 예상하고 있던 것 같았다.

"내가 죽으면 이 집과 땅은 모두 너희들에게 공평하게 상속되도록 유언장을 남겨 둘 거란다. 사이토 씨와도 오해 없도록 다 말했고."

그 말에 모두 입을 다물었다.

"사이토 씨도 그렇게 하겠다고 했고, 너희들은 아무 걱정하지 않아도 된다."

어른들은 서로 힐끗힐끗 눈치만 볼 뿐 아무 말도 하지 않았다.

"그러니까 난 사이토 씨와 결혼해서 이 집에서 살고 싶단다. 사실 이미 결혼식 날짜도 잡아 놨어. 다만, 너희들한테 축하받는 결혼식을 하고 싶단다."

할머니 목소리는 '의논'이 아니라 '통보'라는 단호한 결의를 담고 있었다. 고모는 두 손으로 볼을 감싸고 묘한 표정으로 가만히 있었다.

"어머니."

큰아버지가 말을 꺼냈다.

"이 집에는 아버지와 아키노리의 추억이 있어서 쓸쓸하지 않다고 하셨잖아요?"

"그렇단다."

"그런데 이제 와서 무슨 결혼이에요? 어머니 나이가 몇인지 아시죠? 게다가 결혼식까지 하시겠다고요? 그 사이톤가 사톤가 하는 사람한테 속고 계신 거 아니에요? 이건 사기예요, 사기! 사기 결혼이요!"

큰아버지가 험한 말투로 목소리를 높였다.

"쓸쓸해서 결혼하는 거 아니다. 그 사람이랑 같이 밥 먹고, 이야기하고, 산책하고, 텔레비전도 보는 그런 일상을 보내고 싶을 뿐이다."

할머니는 아무런 망설임도 없어 보였다.

"그런 건 결혼하지 않아도 할 수 있잖아요. 아버지, 아키노리, 우리가 살았던 이 집에 왜 딴 사람이 들어와서 살아야 해요. 난 싫어요!"

큰아버지는 그렇게 말하고 어린애처럼 할머니한테서 고개를 팩 돌려 버렸다.

"엄마, 나도 오빠랑 같은 생각이에요. 굳이 결혼까지는 안 해도 되잖아요? 그 사람하고 사이좋게 지내는 건 반대하지 않아요. 지금까지처럼 좋은 관계를 유지하면서 잘 지내면 되잖아요."

고모는 아이를 조용히 타이르는 엄마 표정으로 할머니를 바라보았다.

"글쎄다. 나는 말이다, 사이토 씨를 만나고 나서 오래 살고 싶어졌단다."

할머니는 끝까지 침착했다.

"내겐 너희들과 네 아버지, 아키노리의 추억도 중요해. 하지만 사이토 씨를 만난 뒤로 내 인생이 아직 많이 남았다고 생각하게 되었어. 앞으로 10년, 20년 건강하게 오래 살고 싶어졌어."

그리고 할머니는 아련한 눈으로 마당을 보았다.

마당에는 불쑥 키가 자란 해바라기가 창문으로 가족들을 바라보며 서 있었다.

"과거를 추억하며 사는 인생이 노후라지만 이제부터는 사이토 씨하고 더불어 아기자기하게 현재의 인생을 사는 것도 좋겠다고 생각했단다."

미소 띤 얼굴로 해바라기를 바라보면서 할머니가 말을 이었다.

"나이 먹은 엄마가 이런 말 하는 게 볼썽사나울 수도 있겠지. 하지만 앞으로 여태껏 느꼈던 것과는 다른 행복이 있을 거라고 생각해. 사이토 씨와 함께라면 그런 새로운 풍경을 볼 수 있을 거라는 생각이 들어."

"그건 환상이에요, 어머니."

틈을 주지 않고 되받아친 건 큰아버지였다.

"노인이면 노인답게 조용히 살면 좋잖아요."

큰아버지가 언짢은 표정으로 한숨을 쉬었다.

"글쎄다."

할머니의 목소리가 작아졌다.

그때 여태껏 지켜만 보고 있던 아키라 입에서 자기도 모르게 말이 튀어나왔다.

"노인답게 사는 게 뭔데요?"

큰아버지가 '뭐?' 라는 표정으로 눈길을 돌려 아키라를 보았다.

"할머니 인생이잖아요. 할머니가 원하시는 대로 사셔야 되는 거 아니에요?"

"아키라, 너 어디서 배운 버르장머리냐?"

큰아버지가 혼내자 아키라는 여태 참았던 불만을 터뜨리고야 말았다.

"그럼 저도 어른이 돼도 제 뜻대로 살 수 없겠네요?"

"아키라, 그만하지 못해!"

엄마가 아키라의 팔을 잡고 끌어당겼지만 아키라는 이미 자신을 제어할 수가 없었다.

"큰아버지 마음대로 내 장래를 정하고, 할머니 인생에 대해서 불평하고. 가족이라도 그럴 자격은 없어요!"

아키라는 울부짖듯이 말했다. 하지만 그 뒤 찾아온 불쾌한 고요함이 아키라를 더욱 놀라게 했다. 아키라는 당황해서 고개를 숙이고 입술을 깨물었다.

'내가 흥분해서 무슨 말을 한 거야? 지금 뭐라고 했지?'

15

"내 마음대로 네 장래를 정했다고?"

큰아버지는 아키라의 말을 놓치지 않았다.

"아키라, 아키노리의 뒤를 이으라는 가족의 기대가 싫었던 거냐?"

아키라는 침을 꼴깍 삼켰다.

"대답해 봐."

"네, 그래요."

아키라는 큰아버지 얼굴을 쳐다보지도 않은 채 대답했다.

'그런 거 아니에요. 농담이에요, 농담.' 이라고 대답해야 한다는 생각이 들었지만 그러지 않았다.

"아버지의 분신으로 여겨지고 아버지처럼 의사가 되어야 하는 건 제 뜻이 아니에요. 아버지의 인생을 따라 살아야 하는 건 이제 지긋지긋하다고요!"

다시 뱉어 버리듯이 말하고 나서 아키라는 스스로 놀랐다.

'무슨 말을 하는 거야 내가? 어떻게 된 거지 내가?'

"그럼 너는 따로 하고 싶은 게 있나는 기나?"

큰아버지가 아키라를 노려보며 말했다.

"있어요. 당연하잖아요."

머릿속에서는 그만하라고 명령을 내리는데도 아키라는 전혀 컨트롤이 되지 않았다.

"전 프로 농구 선수가 될 거예요!"

이렇게 소리치면서 '이런 상태를 맛이 갔다고 하는 거지?'라고 생각했다.

"어리석긴."

어이가 없다는 듯이 중얼거리는 큰아버지 말에 아키라는 다시 욱했다.

"어리석다고요? 아니에요! 전 진심이라고요."

"아키라, 그만해!"

엄마가 말리는데도 아키라는 멈출 수가 없었다.

"가즈야, 아키라 데리고 나가!"

엄마의 고함에 형이 일어났다.

"그렇게 의사가 좋으면 큰아버지가 의사 하면 되잖아요."

"뭐, 뭐라고?"

큰아버지는 머리끝까지 화가 치밀어 얼굴이 시뻘게졌다.

"가자."

아키라는 형에게 팔을 잡혀 끌려갔다. 그러면서도 큰아버지한테서 눈을 떼지 않고 고래고래 소리를 질렀다.

"난 의사 같은 건 안 될 거예요! 절대로 의사 같은 건 안 될 거라고요!"

바깥은 어느새 비구름이 퍼져 축축한 바람이 불었다.

형은 집 밖으로 나와서도 아키라를 잡은 손에 힘을 빼지 않고 걸음을 재촉했다. 아키라는 형에게 끌려가면서 점차 냉정함을 되찾았다. '드디어 얘기했구나.' 하는 안도감과 되돌릴 수 없는 짓을 해 버렸다는 불안감이 교대로 아키라를 엄습했다.

"형, 아파."

아키라는 조금 응석 섞인 소리로 말했다.

"이제 됐어. 집에 갈 테니까 놔 줘."

형은 걸음을 늦추며 아키라의 팔을 놓아주었다.

"너 의사가 되지 않겠다는 거 진심이야?"

"응."

형은 똑바로 앞을 응시한 채 나직이 물었다.

"프로 농구 선수가 되고 싶다는 것도?"

"진심이야."

이제 와 속일 수 없어서 아키라는 솔직하게 털어놓았다.

"사토나카 고교에 들어간 다음에 말하려고……."

말이 다 끝나기도 전에 형이 웅얼웅얼 말했다.

"난 인정 못 해. 너, 너만 편해질 수 있다고 생각하지 마."

아키라는 천천히 형을 올려다보았다.

"편해지다니?"

아키라는 설마 형까지 반대할 거라고는 생각지도 못했다. 형만은 자기편이 되어 줄 거라고 생각했다. 지금까지처럼 자기를 응원해 줄 거라고 생각했다. 평소의 형이라면 그렇게 반응했을 거고, 그게 아키라가 아는 진짜 형이었다. 아키라는 물건이나 훔치는 형은 감나무 밑에 묻어 버렸다. 그리고 잊어버릴 생각이었다.

"형, 뭔가 착각하는 거 아냐?"

아키라는 다시 목소리를 높였다.

"나 편하자고 그러는 거 아니야. 내 미래는 내가 결정하고 싶다는 것뿐이야."

하지만 이번에는 울부짖거나 소리치지 않았다. 다만 마음 속에 담아 두었던 말이 막 나왔다.

"형도 형 좋을 대로 하면 되잖아. 집안일 같은 거 대충 하고, 친구들하고 놀기도 해. 인생을 즐기며 살고 싶지 않아?"

형은 아키라가 말대꾸를 할 거라고는 생각하지 못했던 모양인지 충격에 휩싸인 표정으로 아키라를 보았다.

"도대체 내가 아버지 분신이라는 게 말이 돼? 집안에 의사 하나 있다고 그걸 자랑으로 생각하는 거 촌스럽지 않아?"

아키라는 마음속 깊이 숨겨 두었던 속내를 하나하나 들추어냈다.

"아버지가 자기 뒤를 이어 달라고 했대도 그건 아버지의 희망 사항 아냐? 내 미래는 내가 결정하는 거야! 그럼 아버지의 뜻은 어떡하냐고? 그럼 형이 의사 하면 되잖아. 얼굴도 본 적 없는 나보다 당연히 장남이 하는 게 맞지!"

아키라가 태어난 날 아버지가 돌아가셨기 때문에 아키라는 아버지를 본 적이 없었다.

"큰아버지도, 천국에 있는 아버지도 그럼 충분히 만족할 거야. 형이 자신의 인생을 즐기지 않고 스트레스로 물건이나 훔친다면 그게 더 실망스럽지 않아?"

아키라가 거기까지 말했을 때 갑자기 볼이 불에 덴 것 같은 통증이 느껴졌다. 그리고 몸의 균형을 잃고 비틀거리다가 그대로 엉덩방아를 찧었다.

"아!"

순식간에 벌어진 일이었다.

형에게 맞은 건 이번이 처음이라 당황했지만 그래도 아키라는 냉정하려고 애썼다.

"뭐하는 거야?"

아키라는 일어나지 않고 넘어진 그 자세로 형을 노려보았다. 눈앞에 있는 그 사람은 이미 아키라가 알고 있는 형이 아니었다. 늘 명랑하고 밝고 유쾌한 형이 아니었다. 그리고 아키라 역시 형이 알고 있는 그 동생이 아니었다. 아버지 뒤를 이으려고 노력하는 착한 노력파 동생이 아니었다.

"어쨌든 난 인정 못 해! 절대로 용납 못 한다고!"

형은 그렇게 소리치고는 아키라를 두고 빠른 걸음으로 가버렸다. 아키라는 그대로 앉아 형을 곁눈으로 보았다. 그리고 형의 모습이 보이지 않을 때까지 앉아 있다가 흠칫거리며 얼굴을 만져 보았다. 침을 조금 삼키니 피 맛이 났다.

아키라는 분해서 눈물이 났다.

'저건 우리 형이 아니야. 이건 내가 아니야. 이건 형제가
아니야!'

마침내 부슬부슬 비가 내렸고 점차 빗발이 강해졌다. 아키
라는 비를 맞으면서도 일어나지 못하고 맥없이 하늘을 올려
다보았다.

16

전반기 하계 집중 훈련이 끝나고 한가해진 아키라는 모아둔 돈으로 게임 시디를 몇 개 샀다. 그러고는 태어나서 처음으로 게임에 빠져서 필사적으로 시간을 죽이기 시작했다. 개인 체력 단련이나 슛 연습은 말할 것도 없고, 고교 진학을 위한 공부를 할 마음도 싹 달아나 버렸다. 코치에게 눈길도 받지 못하고, 의지했던 형과도 싸운 자신이 한심스러워 모든 의욕이 사라져 버린 것이다.

아키라는 줄곧 좋은 동료와 코치를 만나면 자신의 재능이 금세 꽃필 거라고 믿어 왔다. 자신은 갈고닦으면 빛날 원석이라고 생각해 왔다. 그러나 고즈키에게도 코치에게도 아키라는 특별한 존재가 아니었다. 즉 아키라에게는 그런 재능따위는 없다는 뜻이었다. 닦으면 빛나는 원석은커녕 발에 차여 굴러다니는 그냥 돌멩이에 지나지 않았다. 자신도 다른 멤버들과 똑같은 잡어라는 생각이 들었다.

　아키라는 받아들일 수밖에 없는 엄연한 사실에 망연자실했다. 희망으로 가득 찼던 미래는 사라지고 우왕좌왕할 뿐이었다. 그래서 생각에 빠지거나 고민할 틈이 생기지 않도록 게임에 몰두했다. 아키라는 게임에 금세 빠져들었다. 지금까지는 공부를 게을리하게 될까 봐 일부러 게임을 멀리했었지만 게임은 시간을 죽이는 데 제격이었다.

　형하고는 그날 이후로 한마디도 하지 않았다. 형은 아키라를 완벽하게 무시하면서 묵묵히 집안일을 해 나갔다. 아키라에게 화가 나 있으면서 식사 준비와 빨래까지 모두 평소처럼 해 주었다.

　그러나 엄마는 달랐다. 다르다기보다 뭔가 이상했다. 다른 때 같았으면 친척들 앞에서 그런 행동을 한 아키라를 용서할 리가 없었다. 집에 돌아와서 아키라를 주먹으로 때리거나 마구 걷어찼을 것이다. 어른들 앞에서 예의 없이 행동하는 것을 용납하지 않는 엄마가 아키라의 그런 태도를 나무라지 않는 걸 보면 확실히 이상했다. 이상한 건 그뿐이 아니었다.

　일하러 가면서도 집에서 입던 옷차림 그대로 즉, 편한 운동복 차림으로 출근을 하기 시작한 것이다. 지금까지 엄마는

집 안에서는 아무거나 입고 편하게 지내더라도 밖에 나갈 때
는 단정하게 차려입고 다녔다. 치마를 입고 스타킹을 신고
화장을 하고 머리를 손질했다.

운동복을 입어도 자동차로 출퇴근을 하고 병원에 도착하
면 흰 유니폼으로 갈아입어서 문제될 건 없지만 그래도 변화
의 시점으로 보면 원인은 틀림없이 아키라에게 있다고 생각
할 수밖에 없었다.

아키라는 그런 엄마를 보고 자신이 먼저 용서를 빌어야 한
다고 생각했다. 그래서 막 목욕을 끝내고 신문을 펼쳐 읽고
있는 엄마에게 다가가 조그만 소리로 말을 건넸다.

"엄마, 의사가 되지 않겠다고 해서 미안해."

"뭐?"

그러나 엄마는 무슨 말을 하는지 모르겠다는 듯이 멍하니
아키라를 올려다보았다.

"그러니까 저번에 내가 그러고 나서 할머니하고 다들 엄
마한테 화내지 않았어?"

아키라가 어렵게 말을 꺼내자 엄마는 "아아! 그거." 하며
생각났다는 표정을 짓고는 다시 신문으로 얼굴을 돌리고 말
했다.

"뭐 어때, 화내게 놔둬."

아키라는 자기 귀를 의심했다.

"되고 싶지 않은데 의사가 될 필요는 없어. 하고 싶은 게 있으면 그걸 하는 게 더 낫지."

엄마의 대답을 듣고 아키라는 어리둥절했다.

'너는 아버지 대신 태어난 거니까……'

어려서부터 엄마한테 야단을 맞을 때면 귀에 못이 박히도록 들은 얘기다. 아버지 대신 태어난 거니까 울지 마라, 친구랑 싸우지 마라, 떠들지 마라, 큰 소리 내지 마라.

칭찬을 받을 때도 역시 똑같은 말을 들어 왔다. '아버지 대신이니까'라고.

아키라는 엄마의 돌변한 태도가 도무지 이해되지 않았다. 모든 걸 포기해 버렸나 하는 생각이 들었다.

의사가 되지 않겠다고 친척들 앞에서 선언한 자신 때문인 것 같았다. 그래도 의사가 되고 싶지는 않았다. 그렇다고 반드시 농구 선수로 성공하고 말겠다는 필사적인 생각도 지금은 들지 않았다. 그냥 아무 생각도 하고 싶지 않았다.

아키라는 방에 틀어박혀서 게임 세계로 도피했다. 자신에 대해 생각할 틈이 생기지 않도록 게임에 몰입했다.

"아키라?"

그런 와중에 웬일로 마노한테서 전화가 왔다.

"지금 학교에 있는데 너도 나올래?"

뭔가 재미있는 일이라도 있는 모양이었다.

"학교에서 뭐하는데?"

"일단 나와 봐."

아키라는 딱히 거절할 이유도 없고 무엇보다 기분 전환을 하고 싶어서 승낙했다.

아키라가 학교에 도착하니 교문 옆 담장에 기대앉아 있는 마노가 보였다. 담장 그림자에 자기 몸이 다 들어가도록 무릎을 끌어안고 쪼그리고 있었다.

"뭐하는 거야? 이런 데서."

마노는 아키라를 올려다보더니 천천히 일어섰다.

"고즈키가 있어."

아키라는 고개를 갸웃거렸다.

"고즈키가 혼자서 농구 연습을 해."

고즈키라면 그럴 만하다 싶고 별로 놀랍지도 않아서 아키라는 시큰둥하게 "그래서?"라고 되물었다.

"오른손 손목 다 나았나 봐, 저기 봐."

마노는 담에 딱 붙어 몸을 숨기고 살짝 교문 안을 들여다보았다. 아키라도 허리를 숙이고 얼굴만 내밀어 농구 코트 쪽을 보았다.

교문 가까운 쪽에 있는 농구 코트에는 건물 벽에 골대가 설치되어 있다. 주로 점심시간이나 쉬는 시간에 학생들이 놀 수 있도록 적당한 높이에 매달아 놓은 거라서 농구부는 잘 쓰지 않는 골대였다.

"봐, 쟤 오른손으로 공을 던지잖아. 붕대도 안 감았는데."

고즈키가 코트에서 혼자 공을 드리블하고 있었다. 마치 보이지 않는 적과 다투고 있는 것처럼 페인트 모션을 하고 드리블을 하며 슛으로 이어 갔다. 혼자서 묵묵히 몇 번이나 반복하고 있었다.

"역시, 다쳤다는 거 거짓말이었어."

"그런 것 같네."

아키라는 어이가 없었다.

"사실 우리 학원에 이시노 중학교에 다니는 애가 있어서 쟤에 대해 물어봤어."

마노는 다시 숨기 위해 몸을 담장에 바짝 붙여 앉으며 이야기했다.

"농구부에서 따돌림을 당했다나 봐."

아키라도 담장에 기대며 마노 옆에 앉았다. 앉은 자리로 해가 들어와 무척 더웠다. 몸을 마노 옆에 바싹 붙이고 마노처럼 몸을 웅크렸다.

"농구부 애들한테 얻어터지기도 하고 그랬나 봐."

"그랬대?"

아키라는 건성으로 대답했다.

"뭔가 이유가 있었겠지?"

"이유라니?"

"다친 척하면서까지 연습에 나오는 이유 말이야!"

"음……."

아키라는 고즈키 따위 아무래도 상관없다. 이제 팀도 농구도 아무래도 상관없었다.

"가자."

마노가 결심했다는 듯이 일어섰다.

"어딜?"

마노가 아키라의 팔을 잡았다.

"고즈키에게 물어볼 거야. 왜 다친 척했냐고."

"뭐하러 그렇게까지 해?"

아키라는 농구부원들하고 친해지려고도 하지 않는 고즈키에게 이렇게까지 연연하는 마노를 이해할 수 없었다.

"그래도 고즈키는 우리 농구부잖아. 게다가 너는 주장이고, 나는 너의 선택을 받은 부주장이니까."

마노는 그렇게 말하고 아키라의 팔을 잡아끌었다.

"다친 척하면서까지 연습에 참가하는 녀석인데 그냥 둘 수 없잖아?"

마노는 아키라의 몸을 잡아당겨 일으켰다.

"그렇게 해서라도 우리랑 연습하고 싶다면 기꺼이 상대해 줘야지."

마노는 아키라의 팔을 잡고 주저 없이 교문 안으로 걸어 들어갔다.

17

"고즈키!"

왼손으로 아키라를 잡아끌며 마노가 소리를 질렀다.

"손목 다 나았어?"

힐끗 돌아보는 고즈키는 뭔가 못마땅한 표정이었다.

"낫는데 한 달은 걸린다고 하지 않았어?"

마노는 그런 고즈키에게 전혀 기분 나빠하지 않고 핵심을
찔러 물었다. 아키라는 곁눈질로 마노를 보았다.

"어떻게 나았는지 가르쳐 줄래? 아니면 다친 이유라도."

마노는 언짢은 기색 하나 없이 웃는 얼굴로 어려운 말을
잘도 꺼냈다.

"접질린 건 아직 안 나았어. 원래 오른손 삔 건 잘 안 나
아."

고즈키는 그렇게 대꾸하면서 그 자리에서 오른손으로 드

리블을 해 보였다.

"그게 무슨 말이야?"

건성으로 대답하는 고즈키에게 화가 난 아키라가 물었다. 저질이라는 말을 들었을 때의 억울했던 기억이 되살아났다.

"너 우리를 바보로 아는구나. 여기서 열심히 해 봤자 별수 없으니까 다친 척하고 우릴 비아냥대는 거지? 너는 한 손으로 쉬엄쉬엄 훈련하면서 말이야."

아키라는 고즈키에게 시비를 거는 자신이 나쁜 게 아니라 성격이 꼬인 저 녀석이 나쁜 거라고 속으로 되뇌었다.

"우리 수준에 맞추려면 한 손으로도 충분하다는 걸 보여 주고 싶었던 거지?"

"아니, 난 그저 몸을 풀고 있었던 것뿐인데."

"그게 아니겠지!"

아키라의 말이 끝나자마자 고즈키는 공을 바닥에 내동댕이치고 아키라에게 가까이 왔다.

"나는 진심이었다는 걸 보여 주고 싶었을 뿐이야!"

고즈키의 태도는 마노에게 대답할 때하고는 달리 금방이라도 아키라와 싸울 기세였다.

"손목 다친 척하는 게 어떻게 진심이라는 증거가 돼?"

아키라도 지지 않고 험악하게 고즈키에게 다가섰다.

"아키라, 진정해."

마노가 나서서 둘 사이를 떼어 놓으려고 했다.

"한 손만으로 경기하는 게 우리 팀 수준에 맞다고 생각했기 때문이잖아! 그게 우릴 바보 취급한다는 증거지!"

"여기서 팀플레이를 하려면 그 방법밖에 없다고 생각했어."

"알았어, 그만 그만!"

마노는 소리를 지르고 프로레슬링 심판처럼 팔을 휘저으며 아키라와 고즈키를 떼어 놓았다.

"그럼 내가 질문 하나 해도 될까?"

고즈키와 아키라의 거리가 적당히 떨어지자 마노가 한 손을 들고 둘을 번갈아 보았다.

"그렇다면 고즈키 너는 우리 농구부에서 잘해 볼 맘이 있다는 말인데……."

아키라는 크게 한숨을 내뱉고 고개를 돌려 고즈키를 외면했다.

"우리 농구부원들하고 잘 지내고 싶다는 말 맞지?"

"그야 그렇지."

놀랍게도 고즈키는 흔쾌히 인정했다. 아키라는 어이없다는 듯 고즈키를 보았다. 고즈키는 입이 쑥 나온 채로 고개를 숙였다.

마노는 조금도 놀라지 않고 계속했다.

"그렇다면 다친 척하지 않고 그냥 손을 안 쓸 수도 있었잖아. 안 그래?"

그러자 고즈키는 고개를 숙인 채 투덜거리며 대답했다.

"그런 고난이도 테크닉까지는 못해."

아키라는 마노의 질문에 순순히 대답하는 고즈키의 태도가 역겹다고 생각했다.

"그래?"

마노는 고즈키의 말을 고스란히 믿는 것 같았다. 마노는 고개를 들어 하늘을 보고 끄응 신음 소리를 내며 잠시 고민했다. 고즈키도 마노의 다음 말을 기다리며 바닥을 내려다본 채 꼼짝하지 않았다. 아키라는 그런 두 사람한테서 얼굴을 돌려 버렸다.

아키라의 눈에 단체로 달리기를 하며 교문을 빠져나가는 야구부가 보였다. 지구대회에서 상위에 오르는 강팀답게 줄 하나 흐트리지 않은 채 뛰고 있었다. 아까부터 연주실에서 들려오는 브라스밴드부의 연주가 마치 야구부원들을 응원하는 것처럼 크게 울렸다.

아키라는 부질없는 싸움을 하고 있는 자신이 한심스러웠다. 왜 자신은 저 승자의 세계에 속하지 못했을까. 아키라는 불꽃 튀는 승부, 단합하는 선수들, 고교농구선수권대회 출전, 응원가 등에 어울리는 팀을 바랐다. 그러나 자신은 농구부의 주장으로서 경기와는 아무런 상관도 없는 이런 바보 같은 문제에 끙끙거리고 있는 꼴이었다.

"좋아, 그럼 이렇게 하자!"

이렇게 불운을 한탄하고 있는 아키라 옆에서 마노가 밝게 말했다.

"후반기 하계 집중 훈련 때까지는 코치 앞에서 아직 손목이 낫지 않은 걸로 해 두는 거야. 그리고 여름방학이 끝난 후에 고즈키가 부원들 앞에서 솔직히 고백하고 왼손만으로 연습하는 걸로 하자! 어때?"

아키라는 기가 막혔다.

"고즈키는 우리들하고 연습할 때 왼손만 쓴다. 그래! 앞으로 이걸 '고즈키 룰'이라고 부르자!"

아키라는 더 이상 아무 말도 하고 싶지 않았다.

"됐지, 고즈키? 그런 마음으로 앞으로 계속 연습에 참가하는 거다."

아키라는 고즈키를 힐끗 보았다.

"응."

고즈키는 무뚝뚝하지만 의외로 순순히 고개를 끄덕였다. 그런 고즈키를 보자 아키라는 온몸에 힘이 쑥 빠지는 것 같았다.

"좋아! 그럼 결정!"

마노는 두 손을 들고 아키라와 고즈키에게 하이파이브를 요구했다.

"어이, 주장!"

마노가 싱글싱글 웃으며 아키라 얼굴을 들여다봤다.

"어이!"

아키라는 이 무의미한 자리에서 빨리 벗어나고 싶어서 하이파이브를 받아 주었다.

"자, 고즈키!"

고즈키도 천천히 두 손을 올렸다.

"예에! 고즈키 룰 완성."

마노 혼자 들떠 있었다. 마노는 이걸로 모든 문제가 해결

되었다고 생각하는지 밝게 웃고 있었다.

브라스밴드부의 연주는 최고조를 지나 거의 끝나 가고 있었다.

18

"고즈키 룰이 뭐냐?"

혼자 연습을 계속하겠다는 고즈키를 두고 마노와 아키라는 학교에서 나왔다.

"좋잖아. 고즈키도 그렇게 하는 게 우리랑 연습하기 편하다 그러고."

"근데 왜 걔한테 그렇게까지 해 줘야 되는데?"

아키라는 이런 어처구니없는 상황에 화를 낼 기력도 없었다.

시합에서 이기고 싶은 마음도 없고, 잘해 보려는 마음도 없는 농구부원들의 수준에 맞춰 준다고 왼손으로만 훈련하겠다는 고즈키. 도대체 뭘 위해서 농구를 하는 건지 아키라는 도무지 이해가 되지 않았다.

"응, 뭐 그냥 보고만 있을 수도 없고 해서."

마노가 어색한지 바닥을 보고 말했다.

"고즈키 쟤, 전에 다니던 학교에서 부원들하고 어울리지 못해서 이번에는 잘 지내고 싶어서 그러는 거잖아."

"잘 지내고 싶으면 행동이 좀 달라져야 하지 않아?"

아키라는 너무 받아 주기만 하는 마노의 방식이 마음에 들지 않았다.

"그런 걸 잘하는 애였으면 전 학교에서도 부원들과 잘 지냈겠지."

아키라가 보기에 마노는 고즈키 편인 것 같았다.

"손목을 다친 척까지 하면서 우리하고 연습하고 싶다니까 받아 주자."

아키라는 마노의 제안이 썩 내키지 않았다.

"너 참 착하구나. 농구부 주장은 너한테 더 어울려."

아키라는 고즈키를 순순히 받아들여 줄 마음이 나지 않아 비아냥거리며 말했다.

아키라는 이런 팀에서 부원들의 비위를 맞추는 것도 이젠 지긋지긋했다.

"그런 소리 마. 넌 요시다가 열 받아서 난리 부렸을 때, 해결하려고 고즈키를 쫓아가 얘기도 하고 그랬잖아."

아키라는 그 말에 가슴이 뜨끔했다. 그때는 그저 그 자리에 있기 싫어서 피했던 거였고, 고즈키와 이야기한 내용도 마노에게 고백할 수 없는 얘기였다.

"네가 그렇게 해 주니까 우리는 주장에게 고맙지. 우리 팀은 듬직한 주장이 필요하거든."

아키라의 찔리는 마음 따위 알 턱이 없는 마노가 시원스럽게 얘기했다.

"고즈키 룰은 다들 받아들여 줄 거 같아. 다친 척하면서까지 우리랑 연습하고 싶었다는 걸 알면 고즈키를 반겨 줄 거야. 고즈키가 그만두거나 유령 부원이 되는 것보다야 훨씬 낫잖아."

"그래."

고개를 끄덕였지만 아키라의 말투는 될 대로 되라는 식이었다.

"고즈키라면 너하고 좋은 파트너가 될 수도 있을 거고."

아키라는 찬찬히 마노를 보았다.

"아키라 너, 고교농구선수권대회에 나가고 싶지?"

"응?"

마노의 말에 아키라는 깜짝 놀랐다. 그건 아키라가 아무한테도 털어놓은 적이 없는 이야기였다.

"어떻게 그걸……."

"초등학교 3학년 때 글짓기에 썼있잖아. 내 꿈은 돌아가신 아버지처럼 고교농구선수권대회에 나가고, 의사도 되는 거라고."

"그, 그런 걸 썼었나?"

전혀 기억이 나지 않지만, 초등학교 3학년 때면 아직 순진하게 아버지의 뒤를 따르고 싶어 했던 무렵이었다.

마노는 킬킬 웃더니 고개를 끄덕였다.

"너 참 대단하다고 생각했어."

아키라는 어떻게 반응해야 할지 몰라서 혼란스러웠다.

"정말로 최선을 다해 농구를 하고 싶은데 이런 약체 팀에서 우리 수준에 맞춰 주고, 거기다 주장까지 맡아 주었잖아. 그래서 나 아키라에게 항상 고마워하고 있어."

마노의 말은 아키라를 더욱 떳떳하지 못하게 했다.

"자, 그럼 고즈키 룰은 내가 애들한테 말할게. 훈련 때 보자."

마노는 생글거리는 얼굴로 손을 흔들며 인사를 했다.

아키라는 그런 마노의 뒷모습을 가만히 지켜보았다. 아키라는 마노가 그저 까불고 놀기 좋아하는 농구부원에 지나지 않는다고 생각했었다. 무언가 부탁하기 쉬울 것 같아서 부주장으로 뽑았던 건데, 누구보다 팀에 대해 많이 생각하고 있었던 것이다.

체력 단련이나 하려는 마음으로 농구부에 들어온 주제에 주장을 맡고, 주장의 역할을 다하는 척하면서 부원들을 배신해 온 자신과는 완전히 딴판이었다.

'저질이야.'

문득 고즈키에게 들었던 말이 되살아났다. 아키라는 이제 그 말을 받아들일 수 있을 것 같았다.

"난 주장 자격이 없어."

아키라는 자신에게만 들릴 만한 목소리로 말했다. 그리고 자괴감이 들어 헛웃음을 터뜨렸다.

자신은 주장은커녕 농구할 자격조차 없었다. 그런 주제에 프로 선수가 되겠다니 아키라는 웃음밖에 나오지 않았다. 프로 선수가 될 사람은 이렇게 교활하거나 추하지 않다. 이런 자신을 응원해 주는 팬은 없을 것 같았다. 동료나 친구가 되는 것조차 사양할 것이다.

양복 입은 회사원이 묵직한 가방을 들고 아키라의 앞을 지나쳤다. 아키라는 아무것도 들지 않고 꾸물꾸물 걷고 있는 자신의 모습이 한심스러워서 슬쩍 눈길을 피했다. 마음이 너덜너덜해졌다는 게 바로 이런 거라는 생각이 들었다.

"흐흐, 우습다."

자신이 비참하고 초라했다. 아키라는 집까지 가는 동안 내내 실실 웃으면서 걸었다.

19

아키라는 오늘부터 후반기 하계 집중 훈련이 시작된다는
걸 알고 있었다. 하지만 훈련에 가지 않았고 점심때까지 휴
대전화가 몇 번이나 울려도 받지 않았다.

아키라는 아침부터 거실에서 빈둥거리며 텔레비전을 보고
있었다.

초인종이 울리고 부엌을 치우던 형이 후다닥 마당으로 뛰
어나갔다.

"친구 왔어."

아키라는 몸도 마음도 꼼짝하기 싫었다.

"마노래. 마당에서 기다리고 있어."

"응."

아키라는 어색하게 대답을 하고는 노곤한 몸을 억지로 일
으켜 꿈지럭대면서 일어났다. 열어 둔 문으로 상쾌한 바람이

154

느껴지며 동시에 마노의 모습이 눈에 띄었다. 마노는 대문 옆에서 형이 담가 놓은 매실 주스병을 쪼그리고 앉아 보고 있었다.

"마노."

아키라가 부르자 마노는 천천히 일어나 기분 좋은 미소를 지었다.

"오늘 어떻게 된 거야?"

"별거 아니야."

아키라는 문 앞의 거실 바닥에 앉아, 눌려서 뻗친 머리를 손가락으로 빗었다.

"나 이제 농구부 그만둘 생각이니까 마노가 주장을 맡아 줘, 부탁해."

"아니, 왜?"

마노가 걱정스럽게 물었다.

"내가 초등학교 때, 고교농구선수권대회니 의사가 되겠다느니 했던 거 다 잊어 줘. 이제 그런 목표는 없으니까."

"왜 그래? 무슨 일인데?"

마노는 평소에도 다정하고 다른 사람들을 많이 생각해 주는 아이였다. 그래서 아키라는 자기가 농구부를 그만둔다고 하면 마노가 말릴 거라고 예상했었다.

아키라는 한숨을 크게 쉬고 결심했다. 마노가 자신을 깨끗이 포기할 수 있도록 진실을 말해 줘야겠다고.

"고백하는데 요시다가 열 받았던 날, 나 팀을 챙기는 주장으로서 고즈키하고 얘기한 게 아니었어."

이제 농구도 주장도 그만둘 거니까 사실이 알려져도 상관없었다.

"사실, 코치가 고즈키랑 나를 편애해서 우리에게 콤비 플레이 훈련을 시켜 주는 거 기뻐하고 있었어. 그래서 고즈키에게 콤비 플레이를 더 돈독히 하고, 둘이서 몰래 따로 연습하자고 제안했었어. 뭐 단호하게 거절당했지만."

마노는 조금도 놀라지 않고 고개를 끄덕였다.

"고즈키가 와서 네가 기뻐했던 건 눈치챘었어."

아키라는 할 말을 잃었다.

"다른 애들도 알아차렸을 거야, 아마."

아키라는 자기가 그런 티를 내지는 않은 것 같았다.

"고즈키가 온 뒤로 너 아주 생기가 넘쳤거든."

모여서 노닥거릴 때에도 적극적이었고, 코치를 함께 흉보았고, 고즈키를 떼어 놓으려고도 했다. 농구부원들과 자신은 다르다는 생각을 감추려고 노력했다.

"그런 네 모습 농구부에 맨 처음 들어왔을 때 이후로 처음 이었어."

아키라는 크게 한숨을 쉬고 머리를 팔로 감았다. 마노의 얘기를 들으니 자신이 더 한심해서 숨고만 싶었다.

"그래서 고즈키가 다친 게 거짓말이라고 했을 때 그렇게 화냈던 거지?"

마노는 모든 걸 다 알고 있었던 것이다.

"아키라, 농구 계속해. 아버지 뒤를 잇지 않아도 넌 농구를 계속하는 게 좋아."

마노는 여전히 싫은 내색 없이 밝은 목소리였다.

"마노, 날 용서할 수 있어?"

"용서고 뭐고, 넌 나쁜 짓을 한 게 없어."

열심히 아키라를 설득하는 마노의 모습은 마치 텔레비전 드라마에 나오는 열정적인 선생님 같았다.

"진심으로 농구를 하고 싶으니까 고즈키 같은 동료가 들어왔을 때 들뜨는 것이 당연하고, 코치에게 주목받으면 기쁜 것도 당연하지. 그리고 너 우리를 위해 많이 노력해 줬잖아."

"아냐, 난 너희를 배신했어."

아키라는 마노의 열정에 물을 끼얹을 작정으로 말했다.

"그래도 팀을 포기하지 않았잖아."

마노도 만만치 않았다. 그런 마노의 태도에 아키라는 크게 한숨을 토하고 말했다.

"근데 마노, 왜 나나 고즈키한테 이렇게까지 하는 거야?"

그러자 마노의 상냥했던 표정이 이내 어두워졌다.

"은혜를 갚으려고."

마노는 갑자기 눈을 감고 말하기 괴로운 듯 계속했다.

"우리 팀에 은혜를 갚고 싶어."

"무슨 은혜?"

아키라는 마노에게 조금도 은혜를 베푼 기억이 없었다.

"1학년 때 내가 한동안 유령 부원이었던 거 기억나?"

마노는 서 있기 힘든지 아키라의 옆에 앉았다. 마노에게 조금 전의 발랄함은 없었다.

"농구부에 들어오고 나서 한 달쯤 그랬나?"

"그래?"

아키라가 놀라는 것도 무리는 아니었다. 일일이 기억조차 못할 정도로 쉽게 들어왔다가 쉽게 사라지는 게 남자 농구부 원들이었다.

"나 명문 중학교 입시에 실패하고 지금 중학교에 들어와 의기소침해 있을 때였어. 이런 약체 팀에서 뭘 하겠냐고 체념하고 있었지. 그렇지만 달리 들어갈 부가 없어서 농구부에서 유령 부원으로 지내고 있었어."

마노는 등을 구부리고 나직이 이야기를 계속했다.

"매일 지루했어. 있을 곳도 없고 하고 싶은 것도 없고 정말 힘들었어."

그때를 떠올리는지 마노는 고개를 비스듬히 숙이고 말했다.

"그때 내게 말을 걸어 준 사람이 너였어."

"내가?"

아키라는 전혀 기억에 없는 일이었다.

"아주 천진난만한 표정으로 웃으면서 '오늘 연습 올 거지?' 라고."

아키라는 필사적으로 기억을 더듬어 보았지만 전혀 떠오르지 않았다.

"나는 뭐라 대답해야 될지 몰라서 미적거리고 있는데 '얼마 전부터 1학년도 연습 게임에 투입되고 있어. 재미있으니까 오는 게 좋을 거야.' 라면서 불러 줬어."

"기억이 안 나는데……."

아키라의 말에 마노는 "그렇구나."라며 웃었다.

"여하튼 나는 네가 말을 걸어 줘서 무지 기뻤어."

마노는 쑥스러운 걸 숨기려고 두 손으로 얼굴을 비비며 땀을 훔쳤다.

"내가 태연한 척 체육관으로 갔더니 요시다랑 다니구치가 날 보고 먼저 '어서 와!'라고 인사를 건네더라."

아키라는 그런 마노를 지그시 보았다.

"구노가 '기다렸잖아.'라며 장난스럽게 안아 주었고, 와다가 '걱정 마, 우리 실력은 하나도 안 늘었으니까.'라면서 어깨동무를 했어."

이마를 긁적이며 쑥스러워하는 모습이 평소의 호탕한 마노답지 않았다.

"그리고 넌 그때 이미 연습에 몰두해 있었어. 아주 즐겁게 공을 쫓고 있었지."

아키라는 그때 혼자 할머니 집에서 슛 연습만 하다가 농구부가 되어 다른 연습을 할 수 있다는 게 좋았다. 패스를 주고받는 것과 드리블하며 코트를 뛰어다니는 것이 즐거웠다. 프로 농구 선수가 되고 싶다는 꿈을 갖게 된 것도 그 무렵이었다. NBA에서 활약하는 선수가 되겠다고 마음속으로 결심했었다.

"농구부가 맘에 들었어. 괜찮은 녀석들이 모여 있는 거 같았거든."

생각해 보면 약체 팀이었지만 의욕에 넘쳐 연습하는 아키라를 비웃는 농구부원들은 하나도 없었다. 3학년 은퇴 시합 때는 선배가 '해 볼래?' 라며 시합에 출전시켜 주기도 했다. 그런 편애는 오히려 약체 팀이니까 가능했다. 같은 학년의 농구부원들은 아키라를 응원해 주었다.

"농구부가 마음에 들었어."

'내가 팀에 불만을 갖게 된 게 언제부터였지?'

아키라는 문득 지난 시간을 돌이켜 보았다.

"이런 푸근한 분위기를 내가 지켜 가야겠다고 생각했어. 우리 남자 농구부는 괜찮은 팀이야."

처음 출전했던 시합에서 완패해 일찌감치 경기장을 떠나야 했다. 허무하고 분했다. 아키라는 경기를 더 하고 싶었다. 하지만 졌기 때문에 그걸로 끝이었다. 더 이상 경기를 할 수 없었다. 경기를 계속 하려면 이겨야 하는데 자신의 팀은 쉽게 져 버렸다. 그러고도 반성하지 않았다. 농구에 대한 농구부원들과 자신의 생각 차이가 너무나 컸다. 중학교에서 이렇게 천하태평으로 지내다가 이미 큰 대회에서 우승하고 활약하는 녀석들을 따라잡을 수 없을까 봐 불안했다. 그러자 팀에 불만이 생기기 시작했다. 이런 안일한 분위기에 물들면 안 되겠다고 생각했다. 그래서 할머니 집에서 하던 슛 연습에 야간 체력 단련까지 시작했다. 우승 팀의 녀석들을 따라잡으려고. 사토나카 고교에 입학한 다음에 농구에 재능이 없다는 말을 듣지 않으려고.

하지만 농구를 재밌게 만들어 준 것은 다른 무엇도 아닌 지금의 농구부였다. 농구에 몰입해 있는 아키라를 아무도 우습게 생각지 않았다. 왜 그렇게 열심히 하냐며 연습을 방해한 적은 한 번도 없었다. 농구부원들은 연습에 나오지 않는 애들한테 재미있으니 나와 보라고 얘기할 정도로 여유로웠다. 경쟁심에 눈이 멀어서 서로를 시기 질투하지 않고 느긋하게 즐기며 농구를 할 수 있었다.

아키라는 만약 자신도 고즈키처럼 팀 동료들과 잘 지내지 못했다면 어땠을까 상상해 보았다. 그랬다면 결코 농구가 즐겁지 않았을 것이다. 선수가 되고 싶은 마음이 생길 정도로 농구에 빠지지 못했을 것이다.

"그래서 난 소중한 친구들을 잃고 싶지 않아. 고즈키도 나오고 있고, 너도 그만두지 않았으면 해."

마노는 그렇게 말하고 일어섰다.

"기다릴게."

마노는 대문으로 향하다 몸을 돌려 아키라를 보고 말했다. 마노의 눈빛은 진지했다. 그러나 아키라는 아무런 대답도 하지 못했다. 돌아가는 마노의 뒷모습을 그냥 바라볼 수밖에 없었다.

20

할머니 결혼식이 치러진 것은 8월 22일, 대길일이었다.

병원에 긴급수술이 생겨서 조금 늦는다는 엄마 연락을 받고 아키라는 형과 둘이서 어색하게 집을 나섰다.

식이 시작되기 전에 먼저 신부 대기실에 들렀다. 웨딩드레스 차림의 할머니를 보고 그곳에 있던 가족 모두가 놀라움을 감추지 못했다. 하지만 할머니는 조금도 어색해하지 않았다.

목덜미가 넓게 파인 하얀 드레스는 할머니를 더욱 젊어 보이게 했고, 옅게 화장한 얼굴은 우아하고 고귀해 보였다.

"모두 와 줘서 정말 고맙다. 오래전부터 웨딩드레스가 입고 싶었단다. 할아버지하고 결혼했을 때는 못 입었거든. 그때는 그런 시절이었잖니. 나는 늘 웨딩드레스를 입어 보고 싶었단다."

큰아버지와 고모는 여전히 할머니의 시선을 피했다. 신부 대기실에는 답답한 공기가 흘렀다.

"어머니!"

그때 밝은 목소리가 울렸다.

"축하드려요!"

엄마가 뒤늦게 결혼식장에 도착한 것이다.

"웨딩드레스 정말 잘 어울려요."

언제나 좋은 며느리인 척하는 엄마다운 발언이었다.

"어머, 언니……."

그런 엄마를 보고 깜짝 놀라 눈이 휘둥그레져서 말을 건넨 사람은 고모였다.

엄마가 출근했을 때 입은 운동복 차림 그대로 결혼식장에 나타난 것이다. 화장도 하지 않았고 신발도 건강 샌들을 신은, 집에 있을 때 엄마 모습 그대로였다. 친척들 앞에서는 결코 보여 주지 않았던 엄마의 모습이었다.

"병원에서 바로 오는 바람에 이러고 와서 죄송해요. 입구에서도 못 들어오게 막던데요. 호호."

엄마는 그렇게 말하고 웃어 보였지만 할머니의 웨딩드레스보다 훨씬 충격적인 차림에 모두 말을 잃었다. 그러나 엄마는 그런 모두의 반응을 무시하고 할머니 곁으로 갔다.

"어머니, 저도 오늘을 새 출발하는 날로 삼을까 해요."

엄마는 이미 평소 친척들 앞에서 보여 주던 완벽한 며느리의 모습이 아니었다.

"저도 가즈야도 아키라도 이제 슬슬 자신을 옭아매는 틀에서 벗어나야 하지 않을까요?"

할머니는 우리와 달리 놀라지도 않고 엄마를 똑바로 응시했다.

"고백할 게 있는데요."

아키라는 엄마가 무슨 말을 해서 우리를 더 놀라게 할 건지 겁이 나서 자기도 모르게 형을 돌아보았다. 형도 역시 곤혹스러운 표정으로 엄마를 보고 있었다.

"아키라가 배 속에 있을 때 애 아빠가 이 아이도 자기처럼 살았으면 좋겠다고 한 건 사실이에요. 하지만 그건 이 아이에게 좋은 친구들이 많이 있었으면 하는 뜻이었어요."

'친구?'

아키라는 시선을 다시 엄마에게 돌렸다.

"애 아빠는 자기 인생에서 최고의 보물은 의과대학에 들어가 좋은 친구들을 만난 거라고 했어요. 그래서 가즈야도, 배 속의 아이도 좋은 친구를 만나면 좋겠다고 했어요. 친구야말로 살아가면서 가장 큰 힘이 될 거라고요."

아키라는 혼란스러웠다.

"배 속의 아이에게 의사가 되게 하고 싶다던가, 자기 뒤를 이어 주었으면 좋겠다는 말은 결코 하지 않았어요."

아키라는 충격을 받았다. 심호흡을 하고 생각을 정리했다. 그렇다면 아버지는 자기가 의사가 되길 바란 게 아니라는 말이다. 그리고 좋은 친구를 만날 수 있다면 뭐가 되든 상관없다는 말이기도 했다.

아키라는 놀라움과 충격으로 머리가 어찔어찔했다.

"제수 씨, 그럼 거짓말을 했다는 건가요?"

그때 불쾌한 표정으로 엄마를 노려보고 있던 큰아버지가 겨우 입을 열었다.

"전 거짓말 같은 건 하지 않았어요."

엄마는 지지 않고 큰아버지에게 말했다.

"모두 자기 멋대로 해석한 거죠. 특히 아주버님이 이 아이는 아키노리의 환생이라고 말하셨죠."

"그렇지 않아요!"

"아뇨, 그랬어요!"

단호하게 잘라 말하는 엄마의 눈을 먼저 피한 건 큰아버지였다.

"그때 좀 더 단호하게 아주버님의 말을 부정했어야 했다고 내내 후회했어요."

엄마는 의연하게 말을 이어 갔다.

"하지만 이제 됐어요. 아키라도 스스로 하고 싶은 게 생겼으니 이젠 우리 세 식구를 자유롭게 놔주세요."

그것은 친척들 앞에서 완벽한 며느리인 척하던 엄마의 모습도, 집에서 편한 차림으로 널브러져 있던 모습도 아니었다. 아키라는 본 적은 없지만 병원에서 일할 때의 엄마 모습이 이럴 거라고 짐작했다.

"지금까지 여러 가지로 도와주셔서 정말 고마웠습니다!"

엄마는 굵직한 목소리로 말하며 깊이 머리를 숙였다.

"안 돼! 그건 용납 못해!"

큰아버지는 얼굴이 벌게져서 고래고래 소리를 질렀다.

"아키노리는 아키라가 자기 뒤를 이어 주길 기대했을 거야. 의사가 되어 주길 바랐을 거라고!"

큰아버지는 그렇게 간단히 포기할 성격이 아니었다.

"그건 아닐 게다."

그때 나지막한 목소리로 큰아버지의 말을 가로막은 사람

은 뜻밖에도 할머니였다.

"그 애는 사실 어렸을 때 교사가 되고 싶어 했거든."

할머니는 부드러운 목소리로 충격적인 사실을 털어놓았다.

"아키노리는 할아버지와 내 말에 따라 의사가 된 것뿐이었어."

충격에 휩싸인 아키라는 다리에 힘이 빠져서 자기도 모르게 옆에 놓여 있던 의자에 털썩 주저앉았다.

"너희 둘은 우리 말을 잘 듣지 않았어. 하지만 그 애는 우직하게도 우리 말을 잘 따랐지."

할머니가 큰아버지와 고모를 가리키며 말했다.

아키라는 진정하려고 테이블에 놓인 차를 마셨다.

"중학교 다닐 때 농구를 하고 싶다고 하더라. 우린 반대했단다. 그랬더니 꼭 의사가 되겠다고 약속할 테니 허락해 달라고 했지. 그리고 그 애는 그 약속을 지킨 거야."

차갑게 식은 차 때문에 아키라의 손도 차가워졌다.

"의사가 된 뒤로는 그 애 나름대로 보람을 찾고 열심히 하는 것 같았는데 지금 생각해 보면 교사가 되라고 하는 게 좋았을 걸 그랬어. 그걸 요즘 들어서 깨달았다. 이 나이에 말이다. 사이토 씨를 만나기 전까지는 전혀 몰랐는데."

아키라는 들고 있던 컵을 내려다보며 생각했다.

'아버지가 의사가 되고 싶었던 게 아니라니……. 큰아버지도, 고모도 할아버지 말을 듣지 않았는데 아버지만 따랐던 거라니…….'

"난 사이토 씨를 만난 뒤 자유롭게 사는 것이 좋다는 걸 깨달았단다."

아키라는 왠지 모르게 분하고 억울했다.

"그러니까 며느리도 가즈야도 그리고 아키라도 자유롭게 살면 좋겠어."

아키라는 울컥울컥 화가 치밀어 올랐다.

"우리 모두 자유롭게 살자꾸나. 나는 사이토 씨와 행복하게 살 테니까 말이야."

아키라는 여태껏 사람들에게 휘둘려 왔다는 생각에 더 이상 참지 못하고 들고 있던 컵을 번쩍 쳐들었다. 그대로 컵을 바닥에 내리칠 생각이었다. 그러나 엄마에게 손을 잡혀 꼼짝도 할 수 없었다. 돌아보니 엄마가 빙긋 웃고 있었다.

"우리 이제 우리가 하고 싶은 대로 살아도 좋을 것 같은데. 아키라, 지금 한 얘기 잘 들었지?"

그리고 그대로 엄마의 힘에 압도되어 아키라는 조용히 컵을 테이블 위에 내려놓았다. 그렇다고 해서 아키라의 분노와 억울함이 사그라들지는 않았다. 화가 나서 몸을 부들부들 떨고 있는 아키라의 귓가에 엄마가 살짝 속삭였다.

"너 이렇게 좋은 날 사고 치면 가만 안 둔다."

아키라는 어이가 없었다. 이 좋은 날을 보기 좋게 망친 사람은 다름 아닌 엄마인데 말이다. 그러나 아키라는 엄마 말대로 조용히 의자에 앉아 바닥을 내려다보며 냉정해지려고 애썼다.

21

"아아, 피곤하다."

집에 돌아오자 엄마는 소파에 앉아 큰 숨을 토했다.

"이제 우리도 해방되었으니 축하하자!"

결혼식과 피로연에는 산뜻한 원피스로 갈아입고 참석했던 엄마는 스타킹을 벗어 공중에 내던졌다.

"난 너무 화가 나요."

아키라는 맞은편 소파에 앉아 심각한 표정으로 얘기했다.

"그동안 속여서 미안하다."

그러나 엄마의 말투는 전혀 미안해하는 것 같지 않았다.

"하지만 너희들이 어렸을 때는 신세를 질 수밖에 없어서 친척들의 말을 반박할 수가 없었어."

엄마의 처지는 이해가 됐지만 아키라는 도무지 용납할 마음이 생기지 않았다.

"아버지가 갑자기 돌아가셨으니 젖먹이 너를 안고 친척들한테 도움을 청하지 않고서는 어찌해 볼 도리가 없었단다."

엄마는 정말로 어쩔 수 없었을까, 그냥 편하게 살기 위해 자신과 친척들을 이용한 것은 아닐까 하는 의심이 들었다.

"그리고 너, 어차피 의사가 될 생각도 없었잖아? 그러니까 괜히 피해자인 척하는 거 관둬!"

핵심을 찔리자 아키라는 몇 배로 더 억울했다.

아키라는 어디다 분풀이를 해야 할지 찾을 수가 없어서 머리를 쥐어뜯었다. 아무것도 마음대로 되는 게 없어서 머리를 끌어안고 끙끙거릴 뿐이었다. 그때 소파 옆에서 서랍 속의 물건을 정리하고 있던 형이 벌떡 일어나 말했다.

"난 인정 못 해."

아키라는 천천히 얼굴을 들었다.

"아키라는 의사가 되어야 해."

모든 것이 밝혀졌는데도 형은 전과 똑같이 말했다.

"아버지가 돌아가시고 엄마는 일을 시작했고 나는 집안일을 했고……. 그러니까 아키라는 의사가 되어야 해요. 그게 이 녀석의 의무예요."

아키라는 형이 왜 그렇게 자신이 의사가 되는 것에 집착하는지 이유를 알 수 없었다.

"너 아까 내가 한 얘기 안 들었니?"

하지만 엄마는 전혀 미동도 하지 않았다.

"아버지는 아키라가 의사가 되길 바란 적이 없다고 했지? 원래는 교사가 되고 싶었다는 건 나도 오늘 처음 알았네. 의사가 꿈이 아닌 건 알고 있었지만. 할머니 역시 많이 달라지셨어. 그렇지? 앞으로가 기대되는데."

그렇게 얘기하고 엄마는 의미심장하게 웃었다.

아키라는 심각한 상황에서 혼자 웃는 엄마가 어이없었다. 그때 별안간 형이 소리를 질렀다.

"나는 인정 못 한다고 했잖아! 아키라만 편해지는 거 난 용납 못 한다고!"

그러나 엄마는 이번에도 태연한 표정을 하고 머리카락을 손가락으로 빗었다.

"왜 너 혼자 고집부리고 있어? 네가 의무감으로 집안일을 해 온 것도 아니잖아! 아니야?"

그 말에 형의 안색이 변했다.

"그건 네가 원해서 한 거야. 그러면서 네 인생에서 슬쩍 도망친 거라고."

형은 대꾸하지 않고 엄마한테서 슬쩍 눈길을 피했다.

"집안일에 집중하다 보면 자기 문제는 생각하지 않아도 되니까."

엄마는 형한테 싸움을 걸고 있는 게 틀림없었다.

"친구들하고 어울리지 못할 때, 좋아하는 애한테 상처받았을 때, 하고 싶은 일을 찾지 못하거나 일이 풀리지 않을 때마다 너는 자꾸 집안일에 매달렸어."

그건 아키라가 상상도 해 본 적 없는 형의 모습이었다.

"집안일을 하면서 넌 너 자신에게서 계속 도망쳐 온 거야! 이제 그만 억지 부리고 인정할 건 인정해!"

엄마가 정곡을 찔렀는지 형은 한마디도 못했다.

"그거 인정할 때까지 너 집안일 금지야!"

결국 엄마는 그렇게 결단을 내렸다.

형은 고개를 숙인 채 그저 바닥만 노려보고 있다가 쿵쿵 큰 소리를 내며 거실을 떠났다.

계단을 올라가는 발소리와 방문이 닫히는 소리가 났다.

엄마는 다시 아무 일도 없었다는 듯이 태연한 표정으로 계속 머리카락을 손가락으로 빗었다.

'아무리 엄마 말이 사실이라고 해도 꼭 저렇게까지 말해야 하나?

아키라는 엄마가 원망스러웠다. 그런 아키라의 마음을 꿰뚫어 보기라도 한 것처럼 엄마가 말했다.

"그렇게 말하지 않으면 네 형은 못 알아들어. 극성스런 친척들한테 시달린 건 너보다 오히려 가즈야가 더 심했어."

형이 더 시달렸단 말에 아키라는 깜짝 놀랐다.

"너는 어른들의 기대를 받았으니 압박감은 있었겠지만 늘 주목받고 귀여움받았어. 기분은 나쁘지 않았을 거야."

그 말은 사실이었다.

친척들이 모이면 늘 주목받은 사람은 아키라였다. 시험에서 백점을 받거나 운동회 달리기에서 일등을 했을 때, 학급임원으로 뽑힐 때마다 아키라는 자랑스럽게 친척들에게 알리고 다시 아버지의 분신이라는 말을 들으며 관심을 받았다. 덕분에 자신에게는 아버지처럼 빛나는 미래가 펼쳐질 거라 믿어 왔다. 의사는 물론 농구 선수든 우주 비행사든 바라기만 하면 다 될 거라고 생각했다.

그렇다. 기분이 좋은 정도가 아니었다. 더 이상 좋을 수 없을 정도였다.

의심할 여지도 없이 자신에게는 특별한 재능이 있으며 갈

고닦으면 빛나는 원석이라고 착각해 왔던 것도 친척들의 주목을 받고 자라 자신감이 있었기 때문이다.

"대신 내 형은 뭘 해도 주목받지 못했어."

엄마의 목소리는 아까하고는 달리 가라앉아 있었다.

"전에는 달마다 한 번씩 할머니 집에서 모였단다. 큰아버지를 만날 기회가 지금보다 훨씬 많았지. 가즈야가 마라톤 대회에서 우승하고 시험에서 백점을 받아도 큰아버지는 역시 아키노리의 아들이라느니, 기대가 크다느니 하는 말은 하지 않았어."

그러고 보면 형은 어렸을 때부터 아키라보다 훨씬 우수했다. 성적도 좋았고, 마라톤을 잘해서 중학교 때는 학교 대표로 마라톤 대회에 나간 적도 있다. 그렇지만 친척들에게 칭찬을 받은 건 한 번도 본 적이 없었다.

"근데 너는 아주 작은 것으로도 친척들의 주목을 받았어. 어느 날 네 형이 너에게 숫자를 가르쳐 주고 그걸 친척들 앞에서 자랑한 적이 있었어. 그랬더니 모두들 가즈야를 듬직한 형이라고 칭찬했어. 그때 가즈야가 얼마나 좋아했는지. 그 뒤로 너를 열심히 돌봐 주기 시작했어. 그때부터."

초등학교 때 형이 공부를 도와주지 않았더라면 아키라는

좋은 성적을 받기 어려웠을 것이다.

"그러다가 집안일까지 하게 되었고, 지금처럼 빠져들게
된 건 중학교 때 친하게 지내던 친구하고 관계가 일그러졌을
때부터야."

아키라는 형에게 그런 일이 있는 줄은 전혀 몰랐다.

"언제까지 가즈야가 이 집이랑 동생 뒤치다꺼리를 하면서
살게 놔둘 수는 없잖아. 이제 슬슬 자기 인생 살아야지."

엄마의 말은 아키라에게 큰 충격이었다.

"그걸 다 알면서도 방치한 내 책임이 제일 커. 사실 네 형
이 집안일을 해 줘서 엄마는 일에 전념할 수 있었거든."

아키라는 갑자기 시노하라의 말이 생각났다.

'형이 조금 피곤해서 그런 거 같아. 아키라가 좀 신경 써
주면 틀림없이 형이 그런 행동을 하지 않을 거라고 생각해.'

시노하라는 형의 좀도둑질 원인이 스트레스라는 걸 알고
있었다. 그래서 알려 준 것이다. 아키라를 협박한 게 아니라
진심으로 형을 걱정하고 있었던 것이다.

"그러니까 앞으로 집안일은 네가 대신해 줘."

"네? 뭐라고요?"

"당분간 집안일은 네가 맡으라고."

엄마는 다시 한 번 반복하더니 벗어 놓은 옷을 그대로 두고 방으로 가려고 했다.

"그럼 엄마는 안 해요?"

아키라는 다급하게 물었지만 엄마는 아무렇지도 않게 대답했다.

"해도 되지만 너 요즘 한가하잖아. 그러니까 네가 하게 해 주는 거야."

그러고는 손을 흔들더니 유유히 방에 들어가 버렸다. 아키라는 자신을 속여 온 것도 형을 방치해 온 것도, 사실은 조금도 미안해하지 않는다고 볼 수밖에 없는 엄마의 행동이 뻔뻔하다고 느껴졌다.

아키라는 소파에 푹 파묻혀 천장을 올려다보았다.

한부모 가정에서 자랐지만 지금까지는 전혀 불편함을 느끼지 못했다. 엄마는 투덜거리기는 하지만 즐겁게 병원 일을 했고, 형도 학교를 다니면서 집안일을 해 주었고, 아키라는 친척들의 기대를 받고 있었다. 다른 어떤 가족보다 자신의 가족이 훌륭하다고 생각해 왔다.

그런데 실정은 전혀 달랐던 거다. 엄마는 도움을 받은 죄로 친척들 앞에서 계속 완벽한 며느리 연기를 해 왔고 형은

도망치기 위해 집안일에 매달렸고, 그리고 아키라는 모두가
귀여워해 준 나머지 바보 같은 착각 속에서 자랐다.

아키라는 그 사실을 인정하지 않을 수 없었다. 분하고 슬
프며 화가 나는 가벼운 좌절이 아니라 이젠 다시는 돌아가기
어려울 정도로 엉망진창이 된 기분이었다.

22

형이 집안일에서 손을 떼자 집 안은 난장판이 되었다. 단 며칠 만에 바닥에 먼지가 굴러다니고 곳곳에 흩어진 빨지 않은 옷에서 냄새가 나기 시작했으며 밥 대신 먹은 편의점 도시락 용기에서 고약한 냄새가 풍겼다.

형은 어딜 가는지 매일 아침 일찍 나가서 밤늦게까지 돌아오지 않고, 엄마는 냄새나고 더러운 것을 전혀 개의치 않고 집안일에는 손가락 하나 까딱하지 않았다. 아키라도 그런 상황을 그저 지켜보기만 했다. 더럽긴 하지만 정작 자신이 나서서 치울 마음은 없었다.

아키라는 자신이 무너지고 있다고 느꼈다. 몸도 마음도 전처럼 움직여지지 않았다. 도망치듯 게임에 열중할 기력조차 없어서 그저 매일 누워서 넋을 놓고 빈둥거릴 뿐이었다. 전화가 울려도 받지 않고 현관 초인종이 울려도 나가 보지 않았다.

어느 날 집요하게 초인종이 울린 다음 철컥하고 현관문 열리는 소리가 났다. 엄마가 문을 잠그지 않고 나간 것 같아서 아키라는 어쩔 수 없이 확인하러 나가야 했다.

"계세요?"

낯익은 목소리였다.

"뭐야, 집에 있었어?"

고즈키였다.

아키라는 시큰둥하게 "어어." 하고 대답했다.

"할 얘기가 있어서 왔어."

고즈키는 말을 꺼내기가 쉽지 않은지 목을 가다듬었다. 아키라는 대답도 하지 않고 거실로 돌아와 소파에 누웠다. 아키라는 고즈키가 할 말이 무엇인지 궁금하지도 않았다. 뭐하러 왔는지 알고 싶지도 않았고 돌아가라고 밀어낼 기력도 없었다.

"어우, 굉장한데."

고즈키는 거실에 들어와 어질러진 집 안을 둘러보고 중얼거렸다.

"우리 집이 모자가정이라서."

전 같았으면 절대로 이런 식으로 말하지 않았다. 아버지가 없는 것은 이혼이 아니라 사고사 때문이고, 우수한 외과 의사였다는 것도 반드시 덧붙였다. 그렇게 함으로써 자신은 운은 없지만 불행하지 않다는 걸 강조했다.

"어, 그랬었어? 힘들겠다."

이런 식으로 동정받고 싶지 않기 때문에 피해 왔던 말이기도 했다.

"그런가?"

하지만 지금은 아무래도 상관없었다. 아무리 폼 잡아 봐도 이게 현실이다.

자신은 한부모 가정에서 자란 그저 환상에 빠진 중학생에 불과했다. 이게 참모습이었다. 고즈키 말대로 저질인……

"왜 연습 안 나와?"

아키라는 고즈키의 말에 울컥 화가 났다.

"마노 부탁받고 온 거야?"

고즈키를 조종하는 마노도 참 대단하다고 생각했다.

"아니야, 내가 스스로 온 거야."

아키라는 고즈키가 자기 의지로 왔든 마노 부탁을 받고 왔든 아무래도 상관없었다.

"왜 연습 안 나와?"

고즈키가 다시 물었다.

"그만둘 거야."

아키라는 머리를 긁적거리면서 말했다. 한참을 씻지 않아서 가려웠다.

"좋지 않아? 저질 주장이 없어졌잖아."

아키라는 다시 머리를 벅벅 긁었다. 고즈키는 그런 아키라의 모습은 안중에 없다는 듯 말을 계속했다.

"나…… 전에 다녔던 학교에서 팀 애들하고 잘 못 지내서 농구를 관두려고 했어."

아키라는 몸을 일으키고 앉아 머리를 감는 것처럼 두 손으로 머리를 벅벅 긁었다.

"마침 아버지가 전근하게 돼서 이사를 했는데 새 학교가 여기라는 걸 알고 농구를 계속할 마음이 들었어."

아키라의 눈앞으로 하얀 가루가 떨어졌다. 여자들도 부러워하던 찰랑찰랑한 머릿결이었는데 며칠 감지 않았다고 이런 더러운 것을 만들어 냈다.

"나, 지난봄에 전력 분석하러 지금 우리 학교에 온 적이 있었어. 그때 너희들이 시합하는 거 봤어."

아키라는 고즈키의 말에 집중하지 않았다. 고즈키가 빨리 돌아가기만을 바랐다.

"요시다가 시합하다가 갑자기 코트에서 토한 적 있었지? 그때 마노가 다가가서 요시다에게 뭐라고 했는지 기억나?"

고즈키는 이야기를 멈추지 않았다.

"다 토해도 괜찮다고 하더라."

아키라는 포기하고 머리 긁는 걸 그만두었다.

그러고는 소파 등받이를 잡고 몸을 일으켜 앉아 고즈키를 올려다보았다.

"구노가 등을 두드려 주고 와다하고 다니구치는 신발을 벗겨 주었어."

고즈키는 아키라를 보고 있지 않았다. 벗어서 그대로 던져 둔 엄마 스타킹을 가만히 보고 있었다. 할머니의 결혼식 날 벗어 둔 후 방치되어 있는 스타킹이다.

"그리고 요시다가 속이 좀 가라앉으니까 코트 밖에 눕히고 아이들은 아무런 망설임 없이 유니폼을 벗어서 요시다가 토한 걸 닦았어. 충격이었어."

아키라는 그 시합을 기억해 냈다. 부끄러웠다.

"정말 부러웠어. 저런 동료가 있으면 얼마나 좋을까 하고.

경기에 뛰고 싶은 욕심에 잘하는 친구가 넘어지도록 슬쩍 발을 거는 팀원이 아니라 너희 같은 팀원들과 농구를 하고 싶었어."

그때 아키라만 멀리서 그 모습을 지켜보고 있었다. 아키라는 요시다가 시합 중에 토를 해서 짜증이 났었다. 뒤처리를 하고 싶지 않아서 상대 팀 주장에게 뛰어가 사과하고 심판에게 시합 중단을 요청했다. 창피해서 도저히 시합을 계속하고 싶지 않았다.

아키라는 그때도 자신은 저질이었구나라는 생각이 들었다. 요시다 걱정은 전혀 하지 않았었다. 유니폼을 벗어 그 더러운 토사물을 닦다니 생각조차 할 수 없었다.

"지금 걔들이 날 받아들여 주었어. 고즈키 룰이라는 걸 만들어 자기네끼리 낄낄거리면서 날 받아들여 줬어."

"잘됐네."

아키라는 더욱더 자신이 싫어지게 하는 고즈키가 못마땅했다.

"이제 좋은 동료를 만났으니 좋잖아?"

모든 걸 포기하고 무기력한 상태인 자신에게 고즈키가 결정타를 날리러 왔다고 생각하니 말이 곱게 나오지 않았다.

그러나 고즈키는 아키라에게 다가와 말했다.

"바보 자식, 하나도 안 좋아."

그리고 아키라의 멱살을 잡더니 억지로 소파에서 일으켜 세우고 얼굴을 들이댔다.

"잘 들어."

고즈키는 화를 내고 있었다.

"그 애들의 목적은 어디까지나 너야. 너를 돌아오게 하려고 나를 받아들여 준 거라고!"

아키라는 무슨 말인지 이해가 되지 않았다.

"그 애들은 코치가 떠나도 나만 있으면 네가 반드시 돌아올 거라고 믿는다고! 나하고 콤비 플레이를 하고 싶어서 돌아올 거라고 말이야, 바보처럼."

고즈키는 점점 더 흥분해서 멱살을 잡은 손에 세게 힘을 주었다.

"그래서 고즈키 룰이라는 희한한 규칙까지 만들어서 나를 받아들여 준 거야! 난 그냥 들러리야. 너를 돌아오게 하려는 미끼라고! 그걸 모르겠어? 이 바보 자식아!"

고즈키가 꽉 잡고 있던 손을 놓아 버려서 아키라는 그대로 소파에 엉덩방아를 찧고 말았다.

"도대체 너 같은 자식 어디가 좋다는 건지……. 나로선 도저히 이해가 안 간다."

고즈키는 분이 안 풀린 얼굴을 찡그렸다.

아키라는 그러는 고즈키를 멍하니 올려다볼 뿐이었다.

모두가 자신을 기다리고 있고 자신을 돌아오게 하기 위해서 고즈키를 받아들여 주었다? 만약 그게 사실이라면 진짜 고즈키 말대로 아키라 역시 이해가 되지 않았다. 대체 자신의 어디가 좋아서 농구부원들이 기다리겠다는 건지 아키라는 도무지 알 수가 없었다. 그러나 그건 어디까지나 그 애들의 마음이었다.

"진짜 부러워."

고즈키는 조그맣게 말했다.

"그런 친구들이 있는 네가 정말 부럽다고. 그러니까 바보처럼 굴지 말고 돌아와."

고즈키는 아키라를 힐끗 봤다.

"농구하고 싶어서 안달이 난 너를 도와주고 싶어 코치 지시에 따랐던 그 애들의 마음에 조금이라도 보답을 해 봐."

아키라는 갑자기 방에 떠다니는 고약한 냄새를 강하게 느꼈다.

"내키지도 않는 나를 받아 주면서까지 네가 돌아오길 기다리는 그 애들의 마음에 보답을 좀 하라고!"

자신의 몸에서 나는 냄새가 역겨웠다.

"내가 할 말은 이게 다야."

고즈키는 그 말을 남기고 나가 버렸다. 아키라는 그대로 앉아서 허공을 보고 있었다.

부럽다고 중얼거리던 고즈키의 목소리가 귓가에서 계속 맴돌았다.

23

아키라는 고즈키가 가고 난 뒤부터 더 이상 누워 있기 싫었다. 이유는 자신도 알 수 없었다. 먼저 냄새에 절어 있는 옷을 벗고 몸을 씻었다. 옷을 싹 갈아입고 집 안의 쓰레기를 모두 쓰레기봉투에 쑤셔 넣었다. 집 안 곳곳에 흩어져 있는 빨랫감은 세탁기 앞에 모았다. 그것만으로도 한결 깨끗했다.

그다음에는 굴러다니는 먼지가 눈에 거슬려서 청소기를 돌렸다. 먼지를 쏙쏙 빨아들이는 청소기를 돌려 보니 새삼 재미있었다. 신 나서 마구 밀고 다니다 탁자 다리에 코드가 걸리는 바람에 탁자에 둔 컵이 떨어져 깨졌다. 그것을 치우고 나서 다시 청소기를 돌렸는데 소파 밑에 놓여 있던 엄마 양말이 빨려 들어갔다. 청소기 흡입구를 막은 양말을 간신히 빼내자 더 이상 움직일 힘이 남아 있지 않았다.

아키라는 낮잠을 푹 자고 일어났다.

세탁기 앞에 산처럼 쌓여 있는 옷을 세탁기에 넣고 돌렸다. 빨래를 하는 건 의외로 간단하다는 생각이 들었다. 그러나 빨래를 마당에 널 때 그만 건조대를 그대로 넘어뜨려서 빨래를 다시 해야 했다.

언제 널었는지도 모른 채 건조대에 걸려 있었던 옷들은 모두 탈탈 털어서 걷었다. 그것들을 적당한 모양으로 접을 때까지는 좋았는데 각각 어디에 넣어야 할지 몰라서 우왕좌왕하느라 시간은 빠르게 지나갔다.

집 안이 깨끗해지자 아키라는 기분이 상쾌했다. 바쁘게 치우고 나니 배가 고파졌다. 요즘 계속 먹었던 편의점 도시락은 먹기 싫었다. 기분이 나아져서인지 형의 요리에 익숙해져 있던 혀가 편의점 음식을 원하지 않았다. 아키라는 직접 요리를 하려고 냉장고 문을 열었다. 달걀과 곤약, 양배추밖에 없었다. 형이 장을 본 지도 꽤 오래되었다. 이것들을 가지고 어떤 음식을 어떻게 만들어야 할지 전혀 알 수 없었다.

곰곰이 생각하던 아키라는 혼자 카레 정도는 만들 수 있을 것 같아 재료를 사러 나가기로 했다.

자전거를 타고 어디로 갈까 한참을 고민한 끝에 형이 다니던 내추럴스토어로 가기로 했다. 마음속에는 혹시나 하는 작은 기대도 있었다.

마트 안으로 들어가 장바구니를 들었다. 먼저 채소 코너로 가서 당근과 감자를 고르고 돼지고기와 카레 가루도 바구니에 담았다.

장을 다 보고 계산대로 걸어가고 있을 때였다. 아키라는 누군가의 모습을 보고 가슴이 벌렁거렸다. 순간 어떻게 할지를 몰라 얼른 몸을 돌려 잠시 심호흡을 했다. 아키라가 용기를 내 다시 돌아봤을 때는 이미 아무도 없었다.

아키라는 일부러 가게 안을 어슬렁거렸다. 얼마 지나지 않아 바로 그 뒷모습을 찾을 수 있었다. 아키라는 깊은숨을 한번 크게 쉬고 결심한 뒤 말을 걸었다.

"시노하라."

시노하라는 걸음을 멈추었지만 뒤는 돌아보지 않았다.

"저, 오랜만이야."

시노하라는 여전히 돌아보지 않았다. 아키라는 개의치 않고 계속 말을 이어 갔다.

"저…… 저번에 형에 대해 얘기해 줘서 고마웠어."

아키라는 줄곧 시노하라에게 마음이 쓰였다.

"돈이 목적이냐고 의심해서 정말 미안해."

이 마트에 오면 혹시 시노하라를 만날 수 있을까 하는 기대를 했었다.

시노하라와 있었던 일 때문에 마음 한편이 항상 꺼림칙했다. 시노하라의 일을 덮은 채 계속 피하고 달아나기만 한다면 비겁한 놈에서 벗어날 수 없을 거라는 생각이 들었다. 그러기 위해서 먼저 시노하라에게 정중하게 사과를 해야 한다고 생각했다.

"어렵게 얘기해 줬는데 못되게 굴어서 미안해. 나 후회하고 있어."

아키라는 스스로에게 더욱 채찍질을 했다. 그래도 시노하라는 아래만 내려다보고 얼굴을 돌리지 않았다.

"그리고……."

그때서야 비로소 시노하라는 뒤를 돌아보았다. 시노하라의 얼굴을 보고 아키라는 말을 잃었다. 시노하라는 울고 있었다. 눈이 새빨개져서 코를 훌쩍거리고 있다.

"저, 진짜…… 미안해."

아키라는 시노하라가 우는 모습을 보고 너무 당황해서 거듭 사과했다. 시노하라는 고개를 가로저었지만 눈물은 그칠 기미가 보이지 않았다.

"응, 그러니까 나 형에 대해 전혀 몰라서…… 그래서 도무지 믿고 싶지 않았어……. 정말 미안해."

아키라가 쩔쩔매며 횡설수설하자 시노하라는 조그만 소리로 말했다.

"다행이야."

그리고 눈물을 닦았다.

"울어서 미안. 너무 기뻐서 나도 모르게……."

아키라는 오직 시노하라가 빨리 눈물을 그쳤으면 하는 바람으로 살짝 고개를 끄덕였다.

"네가 나를 싫어하는 줄 알았어."

'아니, 아닌데 그런 거…….'

"그 일을 계기로 아키라하고 가깝게 지낼 수 있을 거라고 기대한 내가 나빴지만……. 지금은 네 형을 그런 식으로 이용했던 게 잘못된 행동이었다고 반성하고 있어."

'아냐 아냐. 근데 뭐라고? 그 일을 계기로 가깝게 지내고 싶어서? 그래서 형을 이용?'

아키라는 정신이 번뜩 들었다.

마트 안은 추울 정도로 냉방이 잘 되어 있었다. 그런데도 아키라는 얼굴에 열이 확 올랐다. 갑자기 심장박동이 빨라져서 가슴이 아플 정도였다. 아키라는 당장이라도 시노하라의 앞에서 달아나고 싶었다.

'그렇다면 내가 좋다는 뜻? 한부모 가정에, 미래도 불투명하고 생긴 것도 촌스러운데?'

그런 의문이 아키라의 머릿속을 휘저었다.

"으음, 괜찮아."

아키라는 머리를 가로저었다.

"정말 괜찮다니까."

아키라는 뭐가 괜찮다는 건지도 모르면서 어쨌든 반복해서 말했다.

"다행이다."

시노하라는 안도하는 모습이었다.

"그래서 형 도와주려고 장 보러 나온 거야?"

"어? 으응."

아키라는 허둥거리며 장바구니 속의 카레 가루를 꺼내서 시노하라에게 내밀었다.

"직접 카레를 만들어 보려고."

아키라는 안절부절못했다. 몸은 제멋대로 움직였다. 그러는 바람에 시노하라의 얼굴을 봐 버렸고, 당황한 나머지 눈을 피하고 말았다.

"그렇구나. 근데 이거 카레 가루가 아니라 쇠고기 수프 가루인데."

"응?"

아키라는 놀라서 포장지를 확인했다. 시노하라의 말이 맞았다. 낙심하고 고개를 들자 시노하라는 울음을 그치고, 오히려 웃음이 터질까 봐 입을 꾹 다물고 있었다.

"웃어도 돼."

아키라가 말하자 시노하라는 마침내 얼굴을 펴고 웃어 보였다.

"재료는 그게 다야? 양파는? 가지나 버섯도 넣으면 맛있는데 그건 집에 있어? 음…… 내가 도와줄까?"

"그럼 좋지. 부탁해."

아키라는 시노하라의 조언에 따라 카레 가루와 양파와 양송이를 장바구니에 담았다. 샐러드를 만들기 위해 상추와 오이, 토마토도 샀다.

"만드는 법 모르면 여기 보면 돼."

계산을 마치고 물건을 비닐 봉투에 담을 때 시노하라가 카레 가루 포장 뒤쪽을 보여 주었다.

"아아, 이런 게 여기 써 있구나."

어떻게든 만들 수 있을 거라고 무작정 생각했던 아키라는 전전히 그 설명을 읽어 내려갔다.

"인터넷에 찾아보면 더 자세한 요리법하고 사진도 실려 있어."

시노하라는 아키라 대신 물건을 봉투에 담으면서 말했다.

"요리법 찾아서 문자로 보내 줄까?"

"진짜? 와, 살았다."

아키라는 물건을 봉투에 담는 시노하라의 익숙한 손놀림을 보고 뭔가 마음에 짚이는 게 있었다. 그러고 보니 시노하라는 아무것도 들고 있지 않았다. 물론 뭔가를 사지도 않았다.

"시노하라, 넌 안 사?"

아키라가 묻자 시노하라의 손이 멈추었다. 아키라는 시노하라에게 엄마를 따라온 거냐고 물었다. 하지만 아까부터 시노하라는 혼자였다.

"사실은 여기 우리 아버지가 하는 마트야."

시노하라는 다시 손을 움직이면서 말했다.

"나 여기 2층에 살아. 참, 아빠한테는 형 얘기 안 했으니까 걱정 마."

"여기 2층?"

아키라는 시노하라에 대해 정말 아무것도 모르고 있었다는 사실을 새삼 깨달았다.

"나 어렸을 때는 여기서 하루 종일 놀았어. 지금도 괜히 왔다 갔다 돌아다녀. 물건 사는 사람 보면서 그 집의 오늘 저녁 메뉴는 뭘까 상상하는 것도 재밌어. 사람들은 이상한 애라고 생각하겠지만……."

시노하라는 그렇게 말하고 부끄러운 듯 어깨를 으쓱해 보였다.

"미안해. 너희 집 가게에서 형이 그런 행동을 해서……."

"아냐, 됐어."

아키라는 면목이 없어서 고개를 들지 못했다.

"진짜 신경 안 써도 된다니까. 네 형 때문에 너랑 이렇게 가까워졌잖아. 뭐, 좋은 계기는 아니지만……."

시노하라는 아키라가 구입한 물건들이 담긴 비닐 봉투를 들고 출구 쪽으로 걸어 나갔다. 아키라는 터벅터벅 시노하라의 뒤를 따라가는 수밖에 없었다.

가게를 나오자 시노하라가 갑자기 웃음을 터뜨렸다. 아키라는 무슨 일인지 몰라 멍해 있는데 시노하라가 얼굴에 웃음을 머금은 채 말했다.

"아키라, 보기와는 달리 허술한가 봐."

"왜, 내가 빈틈이 없어 보여?"

아키라가 묻자 시노하라는 점점 더 큰 소리로 웃었다.

"빈틈이 없어 보인다고 할까, 무지하게 폼을 잡는다고 할까? 그래도 알게 되면 다를 거라고 생각하기는 했어. 뭐 그런 점이 귀여워서 좋았고. 모성 본능을 팍팍 자극하는 타입이랄까?"

아키라는 시노하라에게서 처음 전화가 왔을 때, 시노하라가 자신이 장래가 촉망되는 사람이라는 걸 간파했을지도 모른다고 멋대로 생각했던 게 떠올라 갑자기 무안했다.

시노하라가 간파한 건 촌스럽고 부족한 쪽의 자신이었던 것이다.

"찾아 주셔서 감사합니다."

활짝 웃는 얼굴로 시노하라가 아키라에게 비닐 봉투를 넘겨주었다. 아키라는 시노하라가 자꾸 웃으니까 놀림을 당하는 기분이 들었다. 하지만 기분은 나쁘지 않았다.

"요리법은 간단한 걸로 찾아서 보낼게."

아키라는 시노하라의 친절에 가볍게 인사하고 비닐 봉투를 자전거 바구니에 넣고 자전거에 올라탔다.

"또 오세요!"

시노하라는 마트 주인의 딸답게 밝은 목소리로 인사했다. 아키라는 한 손을 들어 대답하고 서둘러 집으로 돌아왔다.

24

시노하라는 그 뒤로 자주 다양한 요리법이 소개된 사이트의 주소를 보내 주었다. 아키라가 먹고 싶은 걸 요청하면 필요한 재료와 만드는 법을 자세히 가르쳐 주었다. 그래서 장보기가 귀찮아도 기쁜 마음으로 내추럴스토어로 향했다.

시노하라를 만나면 가볍게 몇 마디 주고받았다. 하지만 시노하라는 전처럼 마쓰리에 가자거나, 수족관에 가자는 말은 하지 않았다. 서로 편하게 지내는 관계에 마음이 놓이면서도 한편으로는 뭔가 아쉽기도 해서 아키라는 마음이 복잡했다.

점심으로 시노하라가 가르쳐 준 사이트에 실린 오므라이스에 도전하고 있을 때였다.

"줘 봐, 이렇게 하는 거야."

아키라가 양파를 다지느라 애를 먹고 있는데 형이 다가왔다. 아키라는 형이 웬일로 오늘은 아침부터 집에 있나 의아해하면서 2인분을 만들던 중이었다.

"칼은 이렇게 쥐고 양파는 먼저 반으로 가르고, 섬유질 방향을 따라 자른 다음, 옆으로 이렇게 칼을 넣어서 한 번에 잘라."

형은 설명을 하면서 현란한 칼질 솜씨를 보여 주었다. 다음으로 피망, 버섯, 닭고기도 잘게 다졌다. 아키라는 형의 능숙한 손놀림에 빨려 들어가는 듯했다.

"요리는 익숙해지면 별로 안 힘들어."

형은 프라이팬에 기름을 두르고 재료들을 차례차례 볶았다. 프라이팬을 흔들자 채소들이 그 리듬에 맞춰 춤추듯 움직였다.

"요리는 할수록 실력이 느니까 열심히 해 봐."

"응."

간신히 성대를 삐져나온 아키라의 목소리가 갈라졌다.

아키라는 묻고 싶은 말이 산더미처럼 많았지만 어느 것 하나 말이 되어 나오지 않았다. 그냥 형 옆에 서 있는 게 고작이었다. 아키라가 집안일을 하게 되면서 가장 힘들었던 것은 빨래나 청소, 식사 준비가 아니라 형의 모습을 볼 수 없다는 것이었다.

즐거운 모습으로 집안일을 해치우던 형의 모습을 볼 수 없는 게 이렇게 쓸쓸할 거라고 생각하지 못했다. 한부모 가정이시만 붙이니 열등감을 모른 채 생활해 올 수 있었던 건 형 덕분이었다. 그것을 깨닫게 된 지금, 요리를 하고 있는 형의 모습을 보고 있는 것만으로도 아키라는 눈물이 날 것 같았다.

형이 프라이팬에 케첩을 부으면서 말했다.

"나, 나가 살 거야."

아키라는 갑자기 머리가 아득해졌다.

"엄마 말이 맞아. 난 집안일을 핑계로 나에게서 도망치고 있었어. 집안일에 열중하다 보면 나 자신에 대해서는 생각하지 않아도 되니까. 언제부턴가 널 의사로 만드는 게 내 목표가 돼 버렸어."

형은 케첩으로 붉어진 채소에 밥을 넣은 다음 재빨리 볶았다. 그리고 소금과 후추, 말린 오레가노와 바질을 뿌리고 다시 골고루 섞어 접시에 소복하게 담았다.

"네가 의사가 될 수 있는 환경을 만들어 주는 것이 내 사명이라고 여겨 왔어."

형은 냉장고에서 달걀을 꺼내서 그릇에 깨뜨려 담은 뒤 우유, 소금, 후추를 넣고 잘 저었다.

"사실 네가 의사가 되고 싶지 않다는 말을 꺼낼까 봐 언제나 조마조마했어."

그리고 다른 프라이팬에 버터를 녹이고 그릇에 있는 달걀을 반쯤 흘려 넣었다. 액체였던 달걀이 둥근 모양으로 굳어졌다.

"그날이 언제 올까 불안하고 초조해서 네가 말한 대로 꽤 오랫동안 물건을 훔쳤어."

그 말을 들은 아키라는 자기도 모르게 눈을 감았다.

"언젠가 돈을 들고 가서 사과할 생각이야. 내가 번 돈으로 꼭."

그 일을 새삼 형에게 다시 듣는 것은 충격이었다.

"나 더 이상 달아나지 않을 거야. 절대로."

"그래서……."

아키라는 더 참지 못하고 마침내 입을 열었다.

"집을 나가면 돈은 어떻게 하고?"

"장학금하고 아르바이트로 어떻게든 될 거야. 벌써 집도 마련했어. 아주 작은 방 하나만 있는 집이고 공동 목욕탕을 써야 하지만 집에 계속 있으면 이렇게 집안일에 간섭하고 싶어질 거야."

아키라는 순간 굳어 버렸다. 형이 집을 나가는 건 정말 싫었다.

"나가지 않으면 집안일에 몰두하면서 계속 도망치기만 할 거야."

하지만 자신의 이기심 때문에 형의 각오를 무너뜨릴 수는 없었다.

"그래서 나가는 거야."

형은 단호한 목소리로 말하며 깔끔하게 완성된 달걀부침을 밥 위에 올렸다. 그러고는 달걀 한가운데에 살짝 칼집을 넣어 모양을 냈다. 형은 완성된 오므라이스를 보고 만족스럽게 고개를 끄덕이더니 이번에는 네가 해 보라는 뜻으로 아키라에게 프라이팬을 넘겼다.

아키라는 형한테 프라이팬을 받아 가스레인지에 올렸다.

"엄마를 부탁할게. 씩씩해 보여도 의외로 약한 사람이니까 옆에서 잘 돌봐 줘."

아까 형이 하던 걸 떠올리면서 불을 켜고 남은 달걀을 프라이팬에 부었다.

"아버지 돌아가시고 직장에 다니며 갓난애인 너하고 어린 나를 혼자 키우느라 정말 힘들었을 거야."

아키라가 만든 달걀은 도무지 형의 것처럼 되지 않았다. 프라이팬에서 달걀이 갈색으로 눌러 붙기 시작했다. 그래도 형은 도와주지 않았다. 아키라는 포기하고 가스 불을 껐다. 그리고 마구 찢어져 굳어 버린 달걀을 내려다보았다. 아키라는 그 달걀을 모아 밥 위에 얹어 형이 만든 완벽한 오므라이스 옆에 나란히 놓았다.

"그럼 나 갈게."

부엌 입구에 놓여 있던 큼직한 가방이 아까부터 신경에 거슬렸다.

"농구 열심히 해."

형은 아키라 어깨에 손을 얹었다. 아키라는 오므라이스에 시선을 고정한 채 얼굴을 들지도, 말을 건네지도 못했다. 형이 만든 오므라이스에서 맛있는 냄새가 솔솔 올라왔다.

형은 가방을 들고 현관으로 나갔다. 신발을 신고 가방을 둘러메는 소리를 들으면서도 아키라는 꼼짝할 수가 없었다. 그리고 현관문이 열리는 소리가 들렸다.

아키라가 간신히 고개를 든 건 그 소리가 나고 한참이 지나서였다.

형이 집을 나갔다는 사실이 실감 나지 않았다. 아키라는 두 사람분의 오므라이스를 식탁으로 옮겼다. 의자에 앉아 먼저 형이 만든 것부터 먹어 보았다.

"맛있다."

아키라의 눈에 눈물이 고였다.

'고마워, 형. 키워 줘서…… 늘 지켜 줘서 고마워.'

아키라는 눈물을 참으려고 꾸역꾸역 오므라이스를 입속으로 떠 넣었지만 눈물은 멈추지 않았다. 자기가 만든 형편 없는 오므라이스를 먹으면서도 눈물이 줄줄 흘렀다.

여름방학이 막바지로 치닫고 있었다.

아키라는 아무리 방을 깨끗이 치우고 식사를 맛있게 만들어도 기분이 개운해지지 않았다. 형이 없는 허전함은 채워지지 않았다.

그런 기분으로 형이 없는 빈집에서 지내다 보니 농구를 다시 하고 싶다는 마음이 슬슬 고개를 들기 시작했다. 농구에 특별히 재능이 있는 것도 아니고 아무리 안간힘을 써 봤자 팀 실력으로는 고교농구선수권대회조차 갈 수 없었다. 하지만 그래도 좋으니까 농구를 하고 싶었다. 모두들 자기를 기다린다고 했던 고즈키의 말이 떠올랐다.

아이들과 시시덕거리며 노닥거리던 때가 그리워지면서 그곳으로 돌아가고 싶은 마음이 간절했다.

'너무 내 생각만 하는 거야. 모두를 배신한 주제에…… 농

구부로 다시 돌아간다는 건 너무 염치없는 짓이야.'

아키라는 자신을 설득했지만 농구에 대한 열망은 좀처럼 사그러지지 않았다.

아키라는 너무 괴로워서 고민을 털어놓고 싶었지만 지금까지 의논 상대가 되어 주었던 형도 이젠 없었다.

아키라는 고민 끝에 시노하라를 의논 상대로 골랐다. 메시지로 요리법에 대해 물어보면서 조금씩 자신의 상황에 관한 이야기를 덧붙였다. 농구부 친구들을 배신해 왔던 이야기도 털어놓았다. 한심하고 부끄러웠지만 모두 다 고백했다.

시노하라는 '대학생 코치한테 버림받았다고 포기할 거였으면 프로 선수 따위는 아예 목표로 삼지도 마.'라든가 '진심으로 농구부에 돌아가고 싶으면 사과를 하고 어떻게 해서든지 돌아가.'라는 등 거리낌 없는 의견을 보내왔다.

– 근데 그 애들은 왜 나 같은 애를 기다릴까?

– 이유가 따로 있겠어? 그냥 친구니까 그런 거 아냐?

– 친구?

– 그래, 친구. 남자들은 우정, 의리 같은 거 좋아하잖아. 한 번 친구라고 생각하면 평생 무슨 일이 있어도 지킨다 이

런 거 아냐?

　– 그거 칭찬이야?

　– 칭찬은 아니지만 좋다고 생각해. 여자들은 우정이나 의리에 대해 강한 의식은 없는 것 같아. 남자들처럼 그렇게까지 바보스럽지 않으니까.

　– 역시 바보스러운 거구나.

　– 응, 하지만 그런 바보는 나쁘지 않아. 아키라, 너도 바보가 되면 어때?

　하긴 농구에 재능이 없다는 걸 깨달은 지금도 이렇게 농구가 하고 싶은 걸 보면 자신도 꽤나 바보인 것 같다는 생각이 들었다. 프로가 되지 못해도, NBA 선수가 되지 못해도 괜찮다. 당장 친구들과 농구를 하고 싶었다.

　아키라는 농구부를 찾아가 사과를 하고 돌아가야겠다고 마음먹었다. 시노하라와 메시지를 주고받으며, 오랜 고민 끝에 그런 결론을 내렸다.

　8월 28일 후반기 하계 집중 훈련 마지막 날 아침이었다.

　아키라는 체육관으로 향했다. 열어 둔 창문으로 체육관 바닥에 마찰되는 발소리와 공을 튕기는 소리가 들렸다.

아키라가 체육관 입구에서 고개를 들이밀고 보니 바로 앞에 후카이 선생이 있었다.

"선생님, 뭐하세요?"

코치가 온 이후에 체육관에 발길도 하지 않았던 후카이 선생이 의자에 축 늘어져 앉아 있었다.

"아키라 왔니?"

후카이 선생은 땀에 젖은 머리카락이 얼굴에 들러붙은 채 녹초가 되어 있었다.

"몸은 괜찮아졌니?"

후카이 선생의 턱에서 땀이 흘러 떨어졌다. 셔츠의 가슴 부분이 땀에 젖어 진한 색으로 변색되어 있었다.

"몸이요?"

아키라가 의아해하며 되묻는데 고함 소리가 울렸다.

"아키라!"

소리가 나는 쪽으로 돌아보니 마노가 서 있었다.

"야! 주장의 부활이야?"

요시다가 뛰어왔다. 그 뒤를 따라 모두 연습을 중단하고 아키라를 향해 뛰어왔다.

"아잉! 외로웠잖아."

구노가 코맹맹이 소리를 하며 아키라에게 엉겨 붙었다. 땀 때문에 축축한 팔로 아키라의 목을 감았다.

"코치 그만뒀어."

와다가 크흐흐 기분 좋게 웃으며 말했다.

"그래서 후카이 선생님도 부활."

다니구치가 후카이 선생을 향해 두 팔을 위로 벌리며 찬양하는 시늉을 했다.

"고즈키가 부상이니까 아무도 아프면 안 돼. 모처럼 여름 훈련 잘 넘겼다 했더니······."

후카이 선생은 아이들이 멋대로 연습을 중단했는데도 야단을 치지 않았다.

"이제 고즈키 부상도 많이 좋아졌어."

요시다가 의미심장한 표정으로 코트 쪽을 가리켰다.

고즈키는 오른손에 보호대를 하고 있었다. 모두가 아키라 곁에 둥그렇게 모여 있는데 고즈키만 조금 떨어져 화난 듯한 표정으로 바닥에 공을 튕기고 있었다.

"언제 나을지 모르지만······."

다니구치는 그렇게 말하고 후카이 선생에게는 보이지 않도록 아키라를 향해 혀를 날름 내밀어 보였다.

"그래, 그리고 나아도 다시 접질리기 쉽다던데……."

구노가 손으로 입을 가리고 귓가에 대고 소곤소곤 말했다. 고즈키 말대로 '고즈키 룰'은 정말 먹히고 있는 모양이었다. 그때 마노가 고즈키 팔을 잡고 억지로 아키라 쪽으로 끌고 왔다.

"몸은 괜찮아졌냐?"

마지못해 끌려온 고즈키가 퉁명스럽게 말했다.

"넌 어때? 손목 접질린 거……."

아키라도 모르는 척하며 물어봤다.

"금방 낫겠지."

마노는 작전 성공이라는 뜻으로 싱글싱글 웃으며 엄지손 가락을 치켜세웠다.

아키라가 보기에 마노는 고즈키의 본심을 눈치채지 못한 것 같았다. 그리고 고즈키는 다른 어느 팀도 아닌 우리 팀이 라서 농구를 계속할 마음을 먹었다는 것도, 자신을 설득하러 집까지 찾아왔었던 것도 말하지 않은 것 같았고, 앞으로도 말할 생각이 없는 것 같았다.

"다 나으면 가끔은 너랑 콤비 플레이를 해도 좋고……."

고즈키의 말에 아키라는 다른 아이들 눈치를 살폈다.

요시다와 다니구치는 히죽히죽 웃고 있었다. 와다가 익살 맞게 혀를 내밀었고 구노가 윙크를 했다. 옆에서 마노는 슬그머니 고개를 끄덕였다.

마노의 말이 맞았다. 모두들 고즈키가 농구부에 들어와 아키라가 속으로 많이 좋아했다는 걸 아는 눈치였다. 고즈키와의 콤비 플레이를 즐거워했다는 것도, 코치에게 편애를 받으면서 들떠 있었던 것도.

그러면서 다들 모른 척 코치의 혹독한 훈련을 견뎠고 지금은 아무 일도 없었던 것처럼 아키라를 반겨 주고 있었다.

그리고 고즈키는 그런 아이들의 마음을 알기 때문에 고즈키 룰이라는 마노와의 약속을 지키며 언젠가 모두의 진짜 친구로 받아들여질 날을 기다리는 것이다.

"미안해, 모두 정말 미안해!"

아키라는 고개를 푹 숙이고 말했다.

고등학교에서 농구 선수로 활약하게 되면 진짜 친구가 생길 거라고 믿었던 못난 자신이 진심으로 부끄러웠다. 이렇게 따뜻한 녀석들이 있었는데도 말이다.

아버지는 교사가 되지 못했지만 좋은 친구가 있었기 때문에 의사라는 직업에 만족했다고 한다. 못다 이룬 꿈에 비할 수 없을 정도의 힘이 있는 것이 바로 친구라는 존재다. 그래서 자식들에게도 자기처럼 좋은 친구를 갖게 해 주고 싶었던 것이다.

"뭐가?"

머리를 숙이고 있는 아키라에게 요시다가 말했다.

"우리한테 무슨 큰 잘못을 했나 보지?"

구노가 그렇게 말하며 아키라의 머리를 콩 쥐어박았다.

"그런 기억이 없는데."

마노가 태연하게 말했다.

"이 손 나으면 나랑 콤비 플레이 하자."

고즈키가 아키라에게 오른손을 내밀었다.

"고즈키가 다친 손을 혹사시키고 싶은 모양이네."

구노가 아키라 등을 두드렸다.

"고즈키가 아키라를 제일 기다렸나 본데?"

와다가 말했다.

"아키라가 있어야 저 손이 나을걸."

다니구치가 말했다.

"어떻게 아키라가 고즈키 손을 고칠 수 있다는 거야?"

상황을 모르는 후카이 선생이 궁금해하며 물었다.

아키라도 천천히 고즈키를 향해 손을 내밀었다. 그러자 고
즈키는 부상당한 손에서는 나올 수 없는 억센 손아귀 힘으로
그 손을 잡았다. 그리고 아키라의 귓가에 대고 작은 소리로
말했다.

"네 친구들 진짜 바보야."

아키라가 천천히 얼굴을 떼자 고즈키가 싱긋 웃었다.

"그래도 최고야."

처음 보는 고즈키의 웃는 얼굴이었다.